Rode rozen en tortilla's

www.boekerij.nl

Laura Esquivel

Rode rozen en tortilla's

BOEKERIJ

Drieëndertigste, gewijzigde herdruk maart 2017

ISBN 978-90-225-7973-2
ISBN 978-94-6023-913-7 (e-book)
NUR 302

Oorspronkelijke titel: *Como agua para chocolate*
Vertaling: Francine Mendelaar en Harriët Peteri
Omslagontwerp: Johannes Wiebel | punchdesign
Auteursfoto: © Jerry Bauer / Opale
Omslagbeeld: © Shutterstock en CreativeMarket
Zetwerk: CeevanWee, Amsterdam

hoofdstuk 1

Januari

Kerstbroodjes

Ingrediënten:

1 groot blik sardientjes
5 chorizos
1 ui
1 blik serrano chili's
10 witte bolletjes

BEREIDING:

De ui moet heel fijn gesneden worden. Ik raad je aan een klein stukje ui op je kruin te leggen om hinderlijk getraan bij het snijden te voorkomen. Het vervelende van huilen bij uien snijden is niet alleen het huilen, maar dat je ermee begint en er dan niet meer mee kunt ophouden. Ik weet niet of dat je weleens is overkomen, mij eerlijk gezegd wel. Ontelbare keren. Mama zei altijd dat dat kwam doordat ik net zo gevoelig voor uien ben als Tita, mijn oudtante.

Ze zeggen dat Tita er zo gevoelig voor was dat ze in de buik van mijn overgrootmoeder al tranen met tuiten huilde als zij uien snipperde; ze huilde zo hard dat Nacha, de halfdove kokkin, het zelfs kon horen. Op een dag was haar gesnik zo hevig dat het de bevalling voortijdig opwekte. En zonder dat mijn overgrootmoeder een kik had kunnen geven arriveerde Tita ineens op deze wereld, op de keukentafel, te midden van de geur van de vermicellisoep die net gemaakt werd, van tijm, laurier, koriander, van gekookte melk, van knoflook en natuurlijk van ui. Je kunt je wel voorstellen dat de bekende tik op de billetjes niet nodig was, want Tita huilde al bij voorbaat toen ze werd geboren, misschien omdat ze wist dat het lot had bepaald dat een huwelijk voor haar in dit leven niet was weggelegd. Volgens Nacha was Tita letterlijk deze wereld op geduwd door een indrukwekkende vloed van tranen, die over de tafel en de keukenvloer stroomde.

Die avond, toen iedereen van de schrik bekomen was en het water door de warmte van de zon verdampt was, veegde Nacha wat er van de tranen was overgebleven op de rode vloertegels bij elkaar. Met het zout vulde ze een zak van vijf kilo, waar ze een hele tijd mee toe konden. Deze ongebruikelijke bevalling had tot gevolg dat Tita een enorme liefde voor de keuken opvatte en het grootste deel van haar leven daarin doorbracht, vrijwel vanaf haar geboorte. Want toen ze twee dagen oud was stierf haar vader, mijn overgrootvader dus, aan een hartinfarct. Mama Elena was zo aangedaan dat ze geen melk meer gaf. Aangezien er in die tijd nog niet zoiets als melkpoeder bestond en er nergens een voedster te vinden was, zaten ze met het gigantische probleem hoe de honger van de baby te stillen. Nacha, die echt alles van koken af wist – en van nog veel meer dingen, die nu niet ter zake doen – bood aan de voeding van Tita op zich te nemen. Ondanks het feit dat ze nooit getrouwd was en geen kinderen had, vond zij zichzelf de aangewezen persoon om 'de maag van het onschuldige wezentje te vormen'. Ze kon niet lezen en schrijven, maar van koken had ze verstand als geen ander. Mama Elena nam haar aanbod graag aan. Ze had het al zwaar genoeg met haar verdriet en de enorme verantwoordelijkheid de haciënda goed te leiden zodat ze haar kinderen de verzorging en opvoeding kon geven die hun toekwam; ze kon zich niet ook nog eens bekommeren om de juiste voeding voor de pasgeborene.

Daarom verhuisde Tita vanaf die dag naar de keuken en met thee en pap groeide ze op tot een gezond en blozend kind. Het is dus logisch dat ze een zesde zintuig ontwikkelde voor alles wat met eten te maken had. Zo werd haar voedingspatroon bepaald door het tijdschema in de keuken: wanneer Tita 's ochtends rook dat de bonen gaar waren, of wanneer ze rond het middaguur voelde dat het water voor het plukken van de kippen op stond, of wanneer 's avonds het brood voor de avondmaaltijd in de oven lag, wist zij dat het tijd was om om haar voeding te vragen.

Soms huilde ze zomaar, zoals wanneer Nacha uien sneed, maar omdat ze allebei wisten waardoor haar tranen kwamen, namen ze die niet serieus. Ze werden zelfs een bron van vermaak, zozeer dat Tita in haar jeugd geen onderscheid kon maken tussen tranen van het lachen of van het huilen. Voor haar was lachen een manier van huilen.

Zo dacht ze ook dat genieten van eten hetzelfde was als genieten van het leven. Voor iemand die het leven via de keuken kende, was de buitenwereld niet makkelijk te begrijpen, deze gigantische wereld die begon achter de keukendeur die toegang gaf tot de rest van het huis. Maar de wereld die grensde aan de andere keukendeur, waarachter zich de patio, de boomgaard en de moestuin bevonden, ja, die behoorde haar volledig toe, die kende ze op haar duimpje. Dit in tegenstelling tot haar zusjes, die als de dood waren voor deze wereld vol onbekende gevaren. De spelletjes in de keuken vonden ze maar raar en eng. Toch wist Tita hen er op een dag van te overtuigen hoe spannend het was om waterdruppels op de gloeiend hete bakplaat te laten vallen en ze dan te zien dansen.

Maar terwijl Tita een liedje zong en haar natte handen op de maat heen en weer zwaaide zodat de waterdruppels op de bakplaat vielen en 'dansten', bleef Rosaura verbijsterd in een hoekje staan. Gertrudis werd daarentegen, zoals altijd wanneer ergens ritme, beweging of muziek aan te pas kwam, sterk door het spel aangetrokken en nam er enthousiast aan deel. Dus zat er voor Rosaura niets anders op dan mee te doen, maar omdat ze haar handen haast niet nat had gemaakt en veel te voorzichtig bewoog, bereikte ze niet het gewenste resultaat. Tita probeerde haar toen te helpen door haar handen dichter naar de bakplaat te duwen. Rosaura bood weerstand en hun worsteling eindigde pas toen Tita Rosaura's handen boos losliet en deze krachteloos op de gloeiende plaat vielen. Behalve dat ze een geweldig pak slaag kreeg, was ze ook het gezelschap van haar zusjes kwijt, want die mochten niet meer in haar wereld spelen. Dus werd Nacha haar speelkameraadje. Samen bedachten ze spelletjes en bezigheden, die altijd met de keuken te maken hadden. Zoals op die dag dat ze op het plein in het dorp een meneer zagen die dierenfiguren van langwerpige ballonnen fabriceerde en zij op het idee kwamen die na te maken, maar dan van stukken chorizo. Ze maakten niet alleen bestaande dieren, maar bedachten ook allerlei fantasiedieren, met een zwanenhals, hondenpoten en een paardenstaart, om maar wat te noemen.

Er rees echter een probleem wanneer er chorizo gebakken ging worden en ze een van de beesten dus uit elkaar moesten halen. Meestal weigerde Tita dit. Ze werkte alleen mee als het was om kerstbroodjes te maken, want die vond ze ontzettend lekker. Dan stemde ze er niet alleen mee in dat een van haar dieren vernield werd, maar keek ze ook vrolijk toe hoe het werd gebakken.

De chorizo voor de broodjes moet voorzichtig, op een laag vuur, worden gebakken. Op die manier wordt hij door en door gaar, zonder te bruin te worden. Neem de chorizo als hij klaar is van het vuur en doe er de sardientjes bij, die van tevoren van hun graten zijn ontdaan. Ook moeten met een mes de zwarte plekken van hun huid zijn geschraapt. Voeg samen met de sardientjes de ui, de fijngesneden chili's en de gemalen oregano toe. Laat het mengsel rusten alvorens de broodjes ermee te vullen.

Tita vond dit altijd een heerlijk moment, want terwijl de vulling staat te rusten verspreidt deze een heerlijke geur, en geuren hebben immers de eigenschap geluiden en geuren uit het verleden op te roepen, die nooit in het heden worden geëvenaard. Tita hield ervan deze speciale geur diep op te snuiven en daarmee naar de verborgen plekken van haar geheugen te reizen.

Ze probeerde zich te herinneren wanneer ze voor het eerst zulke broodjes had geroken, maar tevergeefs, want misschien was dat wel voor haar geboorte geweest. Misschien had de merkwaardige combinatie van sardientjes met chorizo haar zo sterk aangetrokken dat ze had besloten afstand te doen van de vredige hemel en de buik van Mama Elena had uitgekozen. Met haar als moeder zou ze toetreden tot de familie De la Garza, die zo verrukkelijk at en zulke speciale chorizo maakte.

Op de haciënda van Mama Elena was het maken van chorizo een heel ritueel. Een dag tevoren moest er begonnen worden met het pellen van de knoflook, het schoonmaken van de chili's en het malen van de kruiden. Alle vrouwen moesten meehelpen: Mama Elena, haar dochters Gertrudis, Rosaura en Tita, Nacha de kokkin en Chencha het dienstmeisje. 's Middags gingen ze dan aan de tafel in de eetkamer zitten en terwijl ze zaten te kletsen en grapjes maakten vloog de tijd om. En wanneer het donker begon te worden zei Mama Elena: 'We houden er voor vandaag mee op.'

Een goed verstaander heeft maar een half woord nodig, dus na het horen van deze zin wisten ze allemaal wat er moest gebeuren. Eerst ruimden ze de tafel af en daarna werden de taken verdeeld: één ging de kippen voeren, een ander haalde water uit de put en zette het klaar voor het ontbijt en weer een ander zorgde voor hout voor de kachel. Op zo'n dag werd er niet gestreken of geborduurd of genaaid. Als het werk gedaan was, ging ieder naar haar kamer om te lezen, te bidden en te slapen. Op een van die middagen, voordat Mama Elena had gezegd dat ze van tafel mochten opstaan, kondigde Tita, die toen vijftien jaar oud was, met trillende stem aan dat Pedro Muzquiz met haar moeder wilde komen praten...

'En waar moet die meneer met mij over komen praten?' zei Mama Elena na een eindeloze stilte, waarin Tita's hart ineenkromp.

Nauwelijks hoorbaar antwoordde ze: 'Ik weet het niet.'

Mama Elena wierp haar een blik toe waarin voor Tita al die jaren van onderdrukking van het hele gezin besloten lagen en zei: 'Zeg hem maar dat als het is om je hand te vragen, hij dat niet hoeft te doen. Hij zou zowel zijn tijd als de mijne verdoen. Je weet heel goed dat jij als jongste van de meisjes tot de dag van mijn dood voor mij moet zorgen.'

Nadat ze dit gezegd had stond Mama Elena langzaam op, borg haar bril in haar schort en zei op een manier die geen tegenspraak duldde: 'We houden er voor vandaag mee op!'

Tita wist dat binnen de omgangsregels van het huis discussie was uitgesloten, maar toch probeerde ze voor het eerst in haar leven tegen een bevel van haar moeder in te gaan.

'Maar ik vind...'

'Jij hebt niets te vinden en daarmee uit! Generaties lang heeft nooit iemand uit mijn familie zich tegen dit gebruik verzet en het zal niet een van mijn dochters zijn die dat wel doet.'

Tita boog haar hoofd, en met dezelfde kracht als waarmee haar tranen op de tafel vielen, viel haar lot loodzwaar op haar. Op dat moment beseften zij en de tafel dat ze deze onbekende krachten geen millimeter van richting konden doen veranderen: de tafel, die al vanaf het moment dat Tita geboren was haar bittere tranen opving, was gedwongen haar lot te delen en Tita om haar absurde bestemming te aanvaarden.

Maar Tita was niet van plan zich hierbij neer te leggen. Er rezen allerlei vragen in haar op. Ze zou bijvoorbeeld graag willen weten wie deze familietraditie had ingesteld.

Het zou goed zijn deze vindingrijke persoon te laten weten dat in zijn of haar perfecte plan om de oude dag van de vrouwen te verzekeren een klein foutje zat. Als Tita niet mocht trouwen en geen kinderen mocht krijgen, wie moest er dan voor haar zorgen als zij oud zou zijn? Hoe moest dat probleem worden opgelost? Of verwachtte men dat de dochters die voor hun moeder bleven zorgen na het overlijden van hun moeder niet lang zouden blijven leven? En wat gebeurde er met de vrouwen die wel trouwden maar geen kinderen konden krijgen? Wie moest er voor hen zorgen? Trouwens, op grond waarvan was men tot de conclusie gekomen dat de jongste dochter de aangewezen persoon was om over haar moeder te waken en niet de oudste, vroeg ze zich af. Deed het er dan niets toe wat de betreffende dochters ervan vonden? Mochten ze, nu ze niet konden trouwen, tenminste wel de liefde leren kennen? Of zelfs dat niet?

Tita wist heel goed dat al deze raadsels onherroepelijk deel zouden gaan uitmaken van het archief van vragen zonder antwoord. In de familie De la Garza werd gehoorzaamd, punt uit. Boos liep Mama Elena de keuken uit, haar volledig negerend, en een week lang sprak ze niet tegen haar.

Hun semicommunicatie werd weer hervat bij het inspecteren van de kleren die de vrouwen hadden zitten naaien. Hoewel Tita's naaiwerk het beste van allemaal was, ontdekte Mama Elena dat ze het niet van tevoren had geregen.

'Gefeliciteerd,' zei ze, 'het stiksel is perfect, maar je hebt niet eerst geregen, hè?'

'Nee,' antwoordde Tita, verbaasd dat haar moeder haar stilzwijgen verbrak.

'Dan zul je het weer uit moeten halen. Je rijgt het, je naait het opnieuw en daarna kom je het me laten zien.'

'Maar dat is als iemand een fout maakt en u zei net zelf dat mijn...'

'Gaan we weer opstandig worden? Het is al erg genoeg dat je het hebt gedurfd niet volgens de regels te naaien.'

'Het spijt me, mammie. Ik zal het nooit meer doen.'

Tita wist met deze woorden Mama Elena tot bedaren te brengen. Ze had er goed op gelet het 'mammie' op het juiste moment en op de juiste toon uit te spreken. Mama Elena vond dat het woord mama laatdunkend klonk. Daarom had ze haar dochters van jongs af verplicht 'mammie' te zeggen wanneer ze zich tot haar richtten. De enige die zich hier niet aan hield of het woord op een verkeerde toon uitsprak was Tita, wat haar al talloze oorvijgen had opgeleverd. Maar nu had ze het goed gedaan! Mama Elena voelde zich getroost door de gedachte dat ze er misschien eindelijk in zou slagen de wil van haar jongste dochter te breken. Helaas koesterde ze die hoop maar kort, want de volgende dag diende zich Pedro Muzquiz in gezelschap van zijn vader op de haciënda aan om Tita's hand te vragen. Hun aanwezigheid veroorzaakte grote opschudding in huis. Ze hadden totaal niet op dit bezoek gerekend. Een paar dagen eerder had Tita de broer van Nacha een briefje naar Pedro laten brengen, waarin ze hem vroeg van zijn plannen af te zien. De jongen zwoer dat hij het briefje aan don Pedro had overhandigd, maar niettemin stonden Pedro en zijn vader nu op de stoep. Mama Elena ontving hen in de salon. Ze gedroeg zich heel vriendelijk en legde hun uit waarom Tita niet kon trouwen.

'Als het er u om gaat dat Pedro trouwt, geef ik u mijn

dochter Rosaura ter overweging, die slechts twee jaar ouder is dan Tita, maar wel beschikbaar en klaar voor het huwelijk...'

Bij het horen van deze woorden gooide Chencha het dienblad met koffie en koekjes, waarmee ze naar de kamer was gegaan om don Pascual en zijn zoon te onthalen, bijna over Mama Elena heen. Onder het stamelen van verontschuldigingen vertrok ze ijlings naar de keuken, waar Tita, Rosaura en Gertrudis zaten te wachten om van haar precies te horen wat er in de salon gebeurde. Toen ze de keuken kwam binnengestormd, staakte iedereen onmiddellijk haar werkzaamheden om geen woord van haar verslag te missen.

Ze zaten in de keuken om kerstbroodjes te maken. Zoals de naam al aangeeft, worden deze broodjes in de kersttijd bereid, maar nu werden ze ter ere van Tita's verjaardag gemaakt. 30 September zou ze namelijk zestien worden en dat wilde ze vieren met een van haar favoriete gerechten.

'Asjemenou! Je moeder heb het over klaar zijn voor het huwelijk, alsof je een bord *enchiladas* ben! Dat ken toch niet, want het een ben het ander niet. Je ken niet zomaar *tacos* voor *enchiladas* inruilen!'

Chencha maakte voortdurend dit soort opmerkingen terwijl ze hun, op haar manier natuurlijk, het tafereel in de salon beschreef. Tita wist hoe Chencha kon overdrijven en liegen en liet zich niet bang maken. Ze weigerde wat ze net gehoord had te geloven. Uiterlijk kalm ging ze door met het uitdelen van de broodjes, die haar zusjes en Nacha dan vulden.

De bolletjes worden bij voorkeur thuis gebakken. Als dat niet mogelijk is, kan men het best bij de bakker kleine broodjes bestellen; de grotere zijn niet geschikt voor dit recept. Vul de broodjes, zet ze tien minuten in de oven en dien ze warm op. Het allerlekkerst is het om ze een nacht in een doek gewikkeld te laten staan, zodat het brood het vet van de chorizo in zich kan opnemen.

Toen Tita bijna klaar was met het inpakken van de broodjes, die ze de volgende dag zouden eten, kwam Mama Elena de keuken binnen om hun te zeggen dat ze Pedro haar toestemming had gegeven om te trouwen, met Rosaura.

Bij het horen van deze bevestiging van Chencha's verhaal voelde Tita zich alsof de winter in één klap haar lichaam was binnengedrongen: de kou was zo gemeen dat haar wangen ervan begonnen te gloeien en rood werden, rood als de appels die voor haar lagen. Deze verschrikkelijke kou zou haar nog heel lang vergezellen, zonder in hevigheid af te nemen, zelfs niet toen Nacha haar vertelde wat ze had gehoord toen ze don Pascual Muzquiz en zijn zoon naar het hek van de haciënda bracht. Nacha liep voorop en probeerde haar pas in te houden om het gesprek tussen vader en zoon beter te kunnen horen. Don Pascual en Pedro liepen langzaam en praatten op gedempte toon, met ingehouden woede.

'Waarom heb je dat gedaan, Pedro? We slaan een idioot figuur door Rosaura als bruid te accepteren. Waar is de liefde gebleven die je Tita hebt gezworen? Je moet je toch aan je woord houden?'

'Natuurlijk wel, maar als ze u ronduit weigerden te trouwen met de vrouw van wie u houdt en de enige manier om in haar buurt te zijn was met haar zus te trouwen, zou u dan niet hetzelfde doen?'

Nacha kon het antwoord niet verstaan, want Pulque, de

hond van de haciënda, kwam naar buiten rennen, blaffend tegen een konijn dat hij voor een kat aanzag.

'Dus je gaat trouwen zonder liefde?'

'Nee, papa, met een immense, eeuwige liefde voor Tita.'

Hun stemmen waren steeds slechter te horen geweest, omdat ze werden overstemd door het geluid van hun schoenen op de dorre bladeren. Het was merkwaardig dat Nacha, die inmiddels stokdoof was, beweerde het gesprek te hebben gehoord. Tita was haar evengoed dankbaar voor wat ze haar verteld had, maar het veranderde niets aan de beleefde, koele houding die ze vanaf toen tegen Pedro aannam. Men zegt dat een dove niet hoort, maar componeert. Misschien hoorde Nacha slechts de woorden die iedereen verzweeg. Die nacht kon Tita de slaap niet vatten; ze kon niet verklaren wat ze voelde. Helaas waren in die tijd de zwarte gaten in de ruimte nog niet ontdekt, want dan had ze direct begrepen dat ze midden in haar borst een zwart gat voelde waardoor een oneindige kou naar binnen drong.

Iedere keer dat ze haar ogen dichtdeed beleefde ze opnieuw die kerstavond een jaar geleden, toen Pedro en zijn familie voor het eerst bij hen voor het diner waren uitgenodigd, en dan werd de kou nog erger. Hoewel dat al lang geleden was, kon ze zich de geluiden, de geuren, het geruis van haar nieuwe jurk op de pas geboende vloer haarfijn herinneren, de blik van Pedro op haar schouders... Die blik! Zij liep met een blad met zoetigheid naar de tafel, toen ze zijn blik ineens voelde branden, haar huid ineens voelde schroeien. Ze draaide haar hoofd om en haar ogen ontmoetten die van Pedro. Op dat moment begreep ze wat het beslag van een beignet moet voelen wanneer het in contact komt met kokende olie. Het gevoel van warmte dat door haar hele lichaam trok was zo echt dat Tita bang was dat er, net als bij een beignet, belletjes uit haar hele lichaam – haar gezicht, haar buik, haar hart, haar borsten – zouden komen. Ze kon zijn blik niet langer verdragen en liep met neergeslagen ogen snel naar de andere kant van de salon, waar Gertrudis de wals *De ogen van de jeugd* op de pianola trapte. Ze zette het dienblad op een bijzettafeltje, nam verstrooid een glaasje Noyó-likeur dat ze ergens zag staan en ging naast Paquita Lobo, de buurvrouw, zitten. De afstand tussen Pedro en haar hielp niets; ze voelde het bloed in haar aderen koken. Een donkere blos bedekte haar wangen en ze wist niet waar ze moest kijken. Paquita merkte dat er iets vreemds met haar aan de hand was en zei bezorgd:

'Wat een sterk likeurtje, hè?'

'Zei u iets?'

'Je lijkt er met je gedachten niet bij, Tita. Voel je je wel goed?'

'Ja, dank u.'

'Je bent nu oud genoeg om bij speciale gelegenheden een beetje likeur te drinken, maar vindt je moeder dat ook goed, boef? Je ziet er zo opgewonden uit.' En ze voegde er meewarig aan toe: 'Je moet er maar niet meer van drinken, anders ga je rare dingen doen.'

Dat moest er nog bij komen, dat Paquita Lobo zou denken dat ze dronken was! Dat misverstand moest ze beslist uit de wereld helpen, anders liep ze het risico dat Paquita het aan haar moeder zou gaan vertellen. De angst voor haar moeder deed haar even de aanwezigheid van Pedro vergeten, en op alle mogelijke manieren probeerde ze Paquita ervan te overtuigen dat haar geest heel helder was. Ze praatte wat over koetjes en kalfjes en gaf haar zelfs het recept van de Noyó, die Paquita zo'n zorgen baarde. Deze likeur wordt gemaakt door vier *onza* perzikpitten en een half *libra* abrikozenpitten vierentwintig uur in een *azumbre* water te laten weken, zodat de vliesjes loslaten. Pel de pitten, hak ze fijn en laat ze twee weken in twee azumbre brandewijn trekken. Distilleer het mengsel en los vervolgens tweeënhalf libra kandijsuiker helemaal op in de verkregen vloeistof. Voeg er vier onza oranjebloesem aan toe, roer alles door elkaar en filtreer het geheel. En om geen enkele twijfel over haar lichamelijke en geestelijke gezondheid te laten bestaan herinnerde ze Paquita er terloops aan dat de hoeveelheid water 2,016 liter moest zijn, niet meer en niet minder.

Dus toen Mama Elena naar hen toe kwam om Paquita te vragen of er goed voor haar gezorgd werd, antwoordde deze opgetogen: 'Fantastisch. Je hebt geweldige dochters. En hun conversatie is fascinerend!'

Mama Elena beval Tita in de keuken broodjes te gaan halen en daarmee bij de aanwezigen rond te gaan. Pedro, die op dat moment – en dat was geen toeval – langsliep, bood aan haar te helpen. Zonder iets te zeggen haastte Tita zich naar de keuken. De nabijheid van Pedro maakte haar doodnerveus. Ze ging naar binnen en liep snel op een van de bladen met heerlijke broodjes af die geduldig op de keukentafel stonden te wachten.

Nooit zou ze de toevallige aanraking van hun handen vergeten toen ze allebei op hetzelfde moment onhandig hetzelfde dienblad wilden pakken.

Dat was het moment waarop Pedro haar zijn liefde verklaarde.

'Juffrouw Tita, ik wil graag van deze kans dat ik je alleen spreek gebruikmaken om te zeggen dat ik heel erg verliefd op je ben. Ik weet dat deze liefdesverklaring gewaagd en overhaast is, maar het is zo moeilijk je te benaderen dat ik heb besloten je dit op deze avond te vertellen. Ik vraag je alleen maar me te zeggen of ik naar je hand mag dingen.'

'Ik weet niet wat ik moet antwoorden; geef me tijd om na te denken.'

'Nee, dat is onmogelijk. Ik moet het nu weten: je denkt niet na over de liefde, je voelt haar of je voelt haar niet. Ik ben niet erg spraakzaam, maar wel betrouwbaar. Ik zweer je dat ik altijd van je zal blijven houden. Hoe zit het met jou? Voel je hetzelfde voor mij?'

'Ja!'

Ja, ja, duizendmaal ja. Vanaf die avond hield ze van hem, voor altijd. Maar nu moest ze hem opgeven. Het was niet netjes om de toekomstige echtgenoot van je zus te begeren. Ze moest hem op de een of andere manier uit haar geest zien te bannen om te kunnen slapen. Ze probeerde het kerstbroodje te eten dat Nacha samen met een glas melk op haar schrijftafel had gezet. Dat had vaak heel goed gewerkt. Uit ervaring wist Nacha dat bij Tita uiteindelijk ieder verdriet verdween wanneer ze zo'n heerlijk kerstbroodje at. Maar deze keer niet. Het holle gevoel in haar maag werd niet minder. Integendeel, ze begon zelfs misselijk te worden. Ze ontdekte dat het holle gevoel niet door de honger kwam, maar door een ijzige, pijnlijke kou. Ze moest zorgen dat ze het niet zo akelig koud had. Dus trok ze wollen kleren aan en sloeg een dikke deken om zich heen. De kou week niet. Toen trok ze wollen sloffen aan en pakte nog twee dekens. Zonder resultaat. Ten slotte pakte ze uit haar naaimand de sprei waaraan ze begonnen was op de dag dat Pedro met haar over trouwen had gepraat. Over het haken van zo'n sprei deed men wel een jaar. Precies de tijd die Pedro en Tita hadden willen wachten voor ze in het huwelijk zouden treden. Ze besloot de wol toch te benutten, en als een bezetene begon ze te haken en te huilen, en te huilen en te haken, totdat ze tegen het ochtendgloren de sprei af had en hem over zich heen trok. Het hielp niets. Die nacht noch vele andere nachten in haar leven slaagde ze erin de kou de baas te worden.

Wordt vervolgd...

Volgende recept: BRUIDSTAART

hoofdstuk 2

Februari

Bruidstaart

Ingrediënten:

175 g eerste kwaliteit kristalsuiker
300 g eerste kwaliteit bloem, driemaal gezeefd
17 eieren
geraspte schil van een citroen

BEREIDING:

Klop 5 eierdooiers en 4 hele eieren met de suiker in een grote kom. Voeg als het mengsel dik begint te worden twee hele eieren toe. Blijf kloppen en voeg wanneer het mengsel opnieuw dik wordt weer twee hele eieren toe. Herhaal dit proces totdat alle eieren twee aan twee verwerkt zijn. Voor de bruidstaart van Pedro en Rosaura hadden Tita en Nacha de hoeveelheden van dit recept met tien moeten vermenigvuldigen, want in plaats van een taart voor achttien personen moesten ze er een voor honderdtachtig personen maken. Ze hadden dus 170 eieren nodig! Dat betekende dat ze speciale maatregelen hadden moeten nemen om al die eieren, die van een uitstekende kwaliteit moesten zijn, op één dag bij elkaar te hebben.

Daarom hadden ze een paar weken lang de eieren van de beste kippen geconserveerd. Deze methode werd al sinds mensenheugenis op de haciënda toegepast om ervoor te zorgen dat ze de hele winter voorzien waren van dit onmisbare, voedzame product. De beste tijd om eieren te conserveren zijn de maanden augustus en september. De eieren moeten heel vers zijn; Nacha had het liefst dat ze van dezelfde dag waren. Ze worden in een grote schaal gelegd en helemaal bedekt met gesmolten en bijna afgekoeld schapenvet. Zo blijven ze zeker enkele maanden goed. En als ze langer dan een jaar bewaard moeten worden, doe de eieren dan in een aardewerken pot en bedek ze met een oplossing van één deel kalk op tien delen water. Sluit de pot goed af zodat er geen lucht bij kan en bewaar hem in de kelder. Omdat de eieren niet maandenlang bewaard hoefden te worden, hadden Tita en Nacha voor de eerste methode gekozen. Nu stond de schaal vlak bij hen onder de keukentafel en namen ze er telkens twee eieren uit voor het beslag.

Nog voordat ze bij het honderdste ei waren, begon de enorme inspanning die het kloppen van zoveel eieren kostte Tita te veel te worden. Het leek haar een onmogelijke opgave het aantal van 170 te bereiken.

Tita klopte, terwijl Nacha de eieren brak en in de kom liet glijden. Telkens wanneer er een ei brak ging er een huivering door Tita heen en kreeg ze wat je noemt kippenvel. De eiwitten deden haar denken aan de testikels van de hanen die een maand tevoren waren gesneden.

Vervolgens waren deze hanen, kapoenen genaamd, vetgemest. Ze stonden op het menu voor de bruiloft van Pedro en Rosaura omdat dit gerecht bij fijnproevers zeer veel aanzien genoot, zowel vanwege de ingewikkelde bereiding als om de buitengewone smaak van de kapoenen.

Zodra de huwelijksdatum op 12 januari was vastgesteld waren er tweehonderd haantjes gekocht, die meteen geopereerd waren om vervolgens te worden vetgemest.

Tita en Nacha hadden deze taak toebedeeld gekregen. Nacha vanwege haar ervaring en Tita als straf, omdat ze de dag dat haar zus ten huwelijk werd gevraagd hoofdpijn had voorgewend om niet bij deze gebeurtenis aanwezig te hoeven zijn.

'Ik kan je recalcitrante gedrag niet dulden,' had Mama Elena tegen haar gezegd, 'en ik kan ook niet dulden dat je met dat zielige gedoe van jou de bruiloft van je zus verpest. Vanaf nu zul je helpen met de voorbereidingen voor de bruiloft, en wee je gebeente als ik een chagrijnig gezicht of tranen zie. Heb je me gehoord?'

Tita probeerde aan deze waarschuwing te denken toen ze zich gereedmaakte om de eerste castratie uit te voeren. Eerst moet er een snee gemaakt worden in de huid die de testikels van de haan bedekt. Zoek dan met de vingers de testikels en ruk ze eruit. Naai de wond vervolgens dicht en smeer hem in met verse boter of vogelvet. Tita viel bijna flauw toen ze bij de eerste haan de testikels zocht en eraan trok. Haar handen trilden, ze transpireerde hevig en haar maag draaide als een vlieger in de lucht. Mama Elena wierp haar een doordringende blik toe en zei: 'Wat is er? Waarom zit je zo te trillen? Gaan we problemen maken?' Tita sloeg haar ogen op en keek haar aan. Ze wilde schreeuwen dat er inderdaad problemen waren, dat de persoon die de dieren moest castreren slecht gekozen was, dat haar moeder het zelf zou moeten doen, dan zou er tenminste een rechtvaardiging zijn voor het feit dat Tita niet mocht trouwen en Rosaura haar plaats innam naast de man van wie zij hield. Mama Elena las haar blik en werd woedend. Ze gaf Tita zo'n harde klap dat deze over de grond rolde, samen met de haan, die bezweek aan de slecht uitgevoerde operatie.

Tita klopte als een bezetene, alsof ze zo snel mogelijk een einde aan deze marteling wilde maken. Nog maar twee eieren en dan zou het beslag voor de taart af zijn. De taart was het enige wat ze nog moest maken. Verder waren de hapjes vooraf en alle gerechten voor het feestmaal van twintig gangen klaar. Alleen Tita, Nacha en Mama Elena waren nog in de keuken. Chencha, Gertrudis en Rosaura legden de laatste hand aan de bruidsjurk. Opgelucht nam Nacha het op één na laatste ei, maar toen ze het wilde breken hield Tita haar met een schreeuw tegen.

'Nee!'

Ze was opgehouden met kloppen en nam het ei in haar handen. Ze hoorde duidelijk een kuiken in de schaal piepen. Voorzichtig bracht ze het ei naar haar oor en ingespannen luisterde ze naar het gepiep. Mama Elena onderbrak haar werkzaamheden en vroeg streng: 'Wat is er aan de hand? Wat was die schreeuw?'

'Er zit een kuiken in dit ei! Nacha kan het vast niet horen, maar ik wel.'

'Een kuiken? Ben je gek? Zoiets is bij geconserveerde eieren nog nooit voorgekomen!'

Met twee stappen was ze bij Tita, griste het ei uit haar handen en brak het. Tita kneep haar ogen stijf dicht.

'Doe je ogen open en kijk naar dat kuiken van jou!' Langzaam deed Tita haar ogen open. Verbaasd zag ze dat wat zij voor een kuiken had gehouden gewoon een ei was, en zo te zien nog behoorlijk vers ook.

'Luister goed, Tita. Mijn geduld begint op te raken. Ik duld die aanstellerij niet. Dit is de eerste en laatste keer, of het zal je berouwen, dat verzeker ik je!'

Tita heeft nooit kunnen verklaren wat er die avond met haar aan de hand was, of wat ze had gehoord een gevolg van haar vermoeidheid was geweest of dat ze een hallucinatie had gehad. In ieder geval kon ze het beste weer gaan kloppen, ze was niet van plan uit te proberen hoever haar moeders geduld reikte.

Voeg wanneer de laatste eieren geklopt zijn de geraspte schil van een citroen toe; blijf kloppen totdat de eiermassa dik is en schep er dan met een houten spatel beetje bij beetje de gezeefde bloem doorheen. Vet ten slotte een taartvorm in met boter, bestrooi hem met bloem en giet het beslag erin. Bak de taart dertig minuten in de oven.

Nacha, die drie dagen bezig was geweest met de bereiding van twintig verschillende gerechten, was doodop en keek verlangend uit naar het moment waarop de taart in de oven kon, zodat ze eindelijk zou kunnen uitrusten. Tita was deze keer niet bepaald een goede hulp. Ze had geen enkele keer geklaagd, misschien vanwege de vorsende blik van haar moeder, maar toen ze Mama Elena de keuken zag uitlopen om naar haar kamers te gaan, slaakte ze een diepe zucht. Nacha, die naast haar stond, nam zachtjes de spatel uit haar handen, sloeg haar armen om haar heen en zei: 'Er is nu niemand meer in de keuken, liefje, huil maar, want ik wil niet dat ze je morgen zien huilen, zeker Rosaura niet.'

Nacha liet Tita ophouden met kloppen, want ze voelde dat deze op het punt stond een zenuwinzinking te krijgen, nu ja, ze kende dat woord niet, maar met haar grote wijsheid begreep ze dat Tita niet meer kon. Zijzelf eerlijk gezegd ook niet.

Rosaura en Nacha hadden nooit goed met elkaar kunnen opschieten. Nacha ergerde zich aan Rosaura, die van jongs af aan kieskeurig was geweest met eten. Ze liet haar bord onaangeroerd of gaf het eten stiekem aan Tequila, de vader van Pulque (de hond van de haciënda). Nacha stelde haar Tita ten voorbeeld, die altijd alles at. Er was eigenlijk maar één ding dat Tita niet lekker vond, dat was het lauwe ei dat Mama Elena haar 's ochtends dwong te eten. Maar doordat Nacha de culinaire opvoeding van Tita op zich had genomen, at deze verder niet alleen de dagelijkse spijzen, maar ook sprinkhanen, agaverupsen, torren, gordeldier, enzovoort, tot afschuw van Rosaura. Daaruit was Nacha's antipathie jegens Rosaura en de rivaliteit tussen de twee zussen ontstaan, die een hoogtepunt bereikte met deze bruiloft waarbij Rosaura trouwde met de man van wie Tita hield. Wat Rosaura echter niet wist, hoewel ze het wel vermoedde, was dat Pedro ook oneindig veel van Tita hield. Het was dus logisch dat Nacha partij voor Tita koos en op alle mogelijke manieren probeerde haar verdriet te verzachten. Nacha droogde met haar schort de tranen die over Tita's wangen rolden en zei: 'Nog even, liefje, we zijn bijna klaar.'

Het duurde echter langer dan gewoonlijk, want door de tranen van Tita wilde het beslag maar niet dik worden.

En zo, met de armen om elkaar heen, huilden ze totdat Tita geen tranen meer over had. Toen huilde ze zonder tranen en men beweert dat dat nog meer pijn doet, zoals een bevalling zonder vruchtwater. Maar nu werd het beslag tenminste niet nog dunner, zodat ze met de volgende stap, de vulling, konden beginnen.

De vulling:

150 gram abrikozenmoes
150 gram kristalsuiker

BEREIDING:

Breng de abrikozen met een bodempje water aan de kook, laat ze een tijdje koken en druk ze door een zeef. Doe de moes over in een pan met dikke bodem, voeg de suiker toe en zet de pan op het vuur. Laat de moes al roerende een tijdje koken, neem de pan van het vuur, laat de jam iets afkoelen en bestrijk er de onderste helft van de taart mee, die uiteraard eerst doormidden is gesneden.

Gelukkig hadden Nacha en Tita een maand voor de bruiloft al potten met abrikozen, vijgen en zoete aardappelen met ananas gemaakt. Daardoor hadden ze zich die dag het werk van jam maken bespaard.

Ze maakten altijd enorme hoeveelheden jam om de vruchten van het seizoen niet verloren te laten gaan. Dat deden ze in een grote steelpan op de binnenplaats. Ze plaatsten de pan boven een houtvuur en wikkelden oude lakens om hun armen om te voorkomen dat er bij het roeren spetters kokende jam op hun huid kwamen.

Toen Tita een pot abrikozenjam opende, voerde de geur van de vruchten haar terug naar de middag waarop ze de jam hadden gemaakt. Tita was uit de boomgaard gekomen met de vruchten in haar rok, omdat ze de mand had vergeten. Toen ze met haar rok omhoog de keuken binnenkwam, trof ze daar tot haar grote verbazing Pedro aan. Pedro was juist op weg naar de patio achter het huis om het rijtuig gereed te maken. Er moesten een paar uitnodigingen in het dorp worden afgegeven en omdat de stalknecht die dag niet was komen opdagen, moest hij zelf de wagen inspannen. Zodra Nacha hem de keuken zag binnenkomen, maakte ze zich haastig uit de voeten, met het excuus dat ze *epazote* voor de bonen nodig had. Tita schrok zo dat ze een paar abrikozen op de grond liet vallen. Pedro snelde toe om haar te helpen ze op te rapen. En toen hij bukte, kon hij een stukje van Tita's blote benen zien. Tita, die wilde voorkomen dat hij naar haar keek, liet haar rok vallen en de rest van de abrikozen rolde over Pedro's hoofd.

'Neem me niet kwalijk, Pedro. Heb ik je pijn gedaan?'

'Niet zoveel pijn als ik jou heb gedaan, ik wil graag zeggen dat mijn aanzoek...'

'Je bent me geen verklaring schuldig.'

'Luister alsjeblieft naar wat ik te zeggen heb...'

'De keer dat ik dat deed, kreeg ik een leugen te horen, ik wil niet meer naar je luisteren...'

En met die woorden liep Tita haastig door de andere deur de keuken uit, naar de salon, waar Chencha en Gertrudis het bruidslaken zaten te borduren. Het was een wit zijden laken, waarin ze in het midden een opening borduurden. Die opening diende om tijdens de huwelijksnacht uitsluitend de edele delen van de bruid te laten zien. In die tijd van politieke instabiliteit hadden ze echt geluk gehad dat ze nog Franse zijde hadden kunnen krijgen. Sinds de revolutie was het niet veilig meer om door het land te reizen en zonder die Chinees die zich aan de smokkel wijdde hadden ze onmogelijk aan de stof kunnen komen. Mama Elena zou immers nooit hebben toegestaan dat een van haar dochters haar leven zou wagen om naar de hoofdstad te gaan om het materiaal voor de jurk en de uitzet van Rosaura te kopen. Die kleine Chinees was geweldig slim: in de hoofdstad accepteerde hij bankbiljetten van het revolutionaire leger uit het noorden. Die waren daar niets waard en onverhandelbaar, en die accepteerde hij dus tegen een belachelijk lage koers. Vervolgens reisde hij met dat geld naar het noorden, waar de bankbiljetten hun werkelijke waarde kregen, en kocht er zijn spullen van.

In het noorden accepteerde hij natuurlijk tegen de laagste koers bankbiljetten die in de hoofdstad in omloop waren gebracht, en zo ging hij de hele revolutie te werk en werd hij ten slotte miljonair. Maar het belangrijkste was dat Rosaura dankzij hem voor haar bruiloft de beste en allerfijnste stof kreeg.

Tita bleef als gehypnotiseerd staan toen ze het helwitte laken zag; ze keek er heel even naar, maar lang genoeg om op een merkwaardige manier verblind te worden. Waar ze ook keek, alles was wit. Rosaura, die uitnodigingen zat te schrijven, was ineens een spierwit spook. Tita wist wat er met haar gebeurde zo goed te verbergen dat niemand iets merkte. Ze wilde zich niet nogmaals de woede van Mama Elena op de hals halen.

Dus toen de Lobo's hun huwelijksgeschenk kwamen brengen, probeerde ze met al haar zintuigen erachter te komen wie ze voor zich had, want ze zag slechts een spel van Chinese schimmen achter een wit laken. Gelukkig kwam de krijsende stem van Paquita haar te hulp en kon ze iedereen zonder al te veel problemen begroeten.

Toen ze het bezoek later naar het hek van de haciënda vergezelde, constateerde ze dat zelfs de nacht er heel anders uitzag: stralend wit.

Terwijl ze zich nu tevergeefs probeerde te concentreren op de bereiding van de fondant voor de taart, was ze bang dat dit haar opnieuw zou overkomen. De suiker was angstaanjagend wit, ze voelde dat de kleur wit straks zonder dat ze er iets tegen kon doen haar hele geest zou overheersen en de lichte beelden uit haar kindertijd zou oproepen, van toen ze in de maand mei in het wit gekleed witte bloemen aan de maagd Maria had moeten aanbieden. In een rij van in het wit geklede meisjes liep ze naar het altaar vol kaarsen en witte bloemen, verlicht door een hemels wit licht dat door het raam van de witte parochiekerk scheen. Iedere keer dat ze de kerk binnenliep, fantaseerde ze dat ze daar eens aan de arm van een man zou lopen. Ze moest niet alleen deze, maar ook alle andere herinneringen die haar pijn deden weren: ze moest de fondant voor de bruidstaart van haar zus afmaken. Met haar tanden op elkaar begon ze met de bereiding ervan.

Hoeveelheden voor de fondant:

800 g kristalsuiker
60 druppels citroensap en voldoende water om de suiker in op te lossen

BEREIDING:

Breng het water met de suiker in een pan met dikke bodem al roerende aan de kook. Zeef de suiker, zet de pan opnieuw op en voeg bij kleine beetjes het citroensap toe, totdat de suiker het punt 'slappe bal' heeft bereikt. Maak zo nu en dan met een vochtige doek de randen van de pan schoon om te voorkomen dat de stroop versuikert; giet de suikerstroop vervolgens in een vochtige stenen pan, sprenkel er wat water overheen en laat hem enigszins afkoelen.

Bewerk de stroop daarna op een stenen plaat met een spatel of houten lepel tot een witte, smeuïge massa.

Voeg alvorens de fondant te gebruiken een lepel melk toe en verwarm de massa opnieuw. Doe er dan een druppel karmijn bij en bedek met deze fondant alleen de bovenkant van de taart.

Toen Tita vroeg of er geen karmijn in de fondant moest, besefte Nacha dat er iets mis was.

'Maar liefje, dat heb ik net gedaan. Zie je niet dat de fondant roze is?'

'Nee...'

'Ga slapen, liefje, ik zal het eiwitglazuur wel maken. Alleen een pan kent de roerselen van zijn bouillon, maar ik kan de jouwe wel raden. Houd op met huilen, zo wordt mijn fondant nog nat en daar is niemand mee gebaat, kom, ga maar.' Nacha overlaadde Tita met kussen en duwde haar de keuken uit. Het was een raadsel waar ze die nieuwe tranen vandaan had gehaald, maar ze had ze ergens vandaan gehaald en daarmee was de samenstelling van de fondant veranderd. Nu zou het extra moeilijk zijn hem goed te krijgen. Toen Nacha alleen was, wilde ze zo snel mogelijk het glazuur maken, zodat ze zou kunnen gaan slapen. Voor het eiwitglazuur worden 10 eiwitten samen met 500 gram poedersuiker heel stijf geslagen.

Toen Nacha klaar was, besloot ze een lik van de fondant te nemen om te proeven of de tranen van Tita de smaak niet hadden veranderd. Nee, de smaak leek niet veranderd, maar zonder te weten waarom werd Nacha overvallen door een diepe droefheid. Eén voor één herinnerde ze zich alle bruiloftsmaaltijden die ze voor de familie De la Garza had gemaakt met de illusie dat de volgende ter ere van haarzelf zou zijn. Ze was nu vijfentachtig en het had geen zin meer om te huilen of te treuren over het feit dat het feestmaal en de bruiloft waarnaar ze zo had verlangd nooit hadden plaatsgevonden. En dat terwijl zich wel een bruidegom had aangediend, nou en of, maar de moeder van Mama Elena had hem persoonlijk weggejaagd. Vanaf dat moment was ze er tevreden mee geweest te genieten van bruiloften van anderen. Dat had ze jarenlang zonder verbittering gedaan en ze wist niet waarom ze nu wel verbitterd was. Ze voelde zich verschrikkelijk dwaas, maar ze kon er niets aan doen. Zo goed als ze kon versierde ze de taart met het glazuur, en met een stekende pijn in haar borst ging ze naar haar kamer. Ze lag de hele nacht te huilen en was de volgende dag te zwak om bij de bruiloft aanwezig te zijn.

Tita had er alles voor gegeven met Nacha te kunnen ruilen, want zij zelf moest, of ze zich nu goed voelde of niet, niet alleen in de kerk aanwezig zijn, maar er ook nog voor zorgen dat er geen enkele emotie op haar gezicht te lezen was. Ze dacht dat haar dat wel zou lukken, zolang haar blik tenminste niet die van Pedro kruiste. Dat zou alle vrede en rust die ze voorwendde teniet kunnen doen.

Ze wist dat niet haar zus Rosaura maar zij het middelpunt van de belangstelling was. Meer nog dan dat ze een sociale verplichting vervulden, verkneukelden de genodigden zich bij de gedachte haar te zien lijden. Ze zou hun dat plezier niet gunnen.

Achter haar rug hoorde ze duidelijk het doordringende gefluister van de aanwezigen.

'Heb je Tita gezien? Het arme kind! Haar zus trouwt met haar geliefde. Ik heb ze een keer samen op het dorpsplein gezien, hand in hand. Ze zagen er zo gelukkig uit!'

'Echt waar? Nou, Paquita zegt dat ze gezien heeft dat Pedro Tita midden onder de mis een liefdesbrief gaf, geparfumeerd en al!'

'Ik heb gehoord dat ze in hetzelfde huis gaan wonen. Als ik Elena was, zou ik dat nooit goedvinden!'

'Ik denk ook niet dat ze dat goedvindt. Je weet toch hoe er gekletst wordt!'

Al die opmerkingen bevielen haar helemaal niet. De rol van verliezer lag haar niet. Ze moest een houding aannemen alsof ze overal boven stond. Als een groot actrice speelde ze waardig haar rol, waarbij ze probeerde het bruidspaar, de woorden van de priester, de inzegening en de ringen uit haar geest te bannen.

In gedachten verplaatste ze zich naar een dag toen ze negen jaar was en met de jongens uit het dorp aan het spijbelen was. Ze mocht niet met jongens spelen, maar ze had genoeg van de spelletjes met haar zusjes. Ze gingen naar de oever van de grote rivier om te zien wie er het snelst naar de overkant kon zwemmen. Wat was ze die dag blij geweest toen ze had gewonnen.

Een andere grote overwinning had plaatsgevonden op een rustige zondag in het dorp. Ze was veertien en reed met haar zusjes in het rijtuig door het dorp toen een paar kinderen een rotje afschoten. De paarden gingen er in paniek vandoor. Aan de rand van het dorp sloegen ze op hol en de koetsier verloor de controle over de wagen.

Tita duwde hem opzij en slaagde erin in haar eentje de

vier paarden te bedwingen. De mannen die hen vanuit het dorp in galop te hulp kwamen snellen, waren diep onder de indruk van Tita's prestatie. In het dorp was ze als een heldin binnengehaald.

Tijdens de ceremonie leidden deze en soortgelijke herinneringen haar af, zodat er een glimlach als van een tevreden poes op haar gezicht verscheen, totdat het moment van gelukwensen aanbrak en ze haar zus moest feliciteren. Pedro, die naast haar stond, vroeg aan Tita: 'En feliciteer je mij niet?'

'Ja, natuurlijk. Ik wens je veel geluk.'

Pedro omhelsde haar steviger dan in een dergelijke situatie geoorloofd was en maakte van de enige gelegenheid die hij had gebruik om Tita in haar oor te fluisteren: 'Ik weet zeker dat je gelukwens uitkomt, want met dit huwelijk heb ik bereikt waarnaar ik zo verlangde: dicht bij jou te zijn, de vrouw die ik werkelijk liefheb...'

De woorden die Pedro zojuist had gesproken waren voor Tita als een frisse bries die een restje bijna uitgedoofde kolen weer nieuw leven inblaast. Haar gezicht, dat ze al die maanden in de plooi had gehouden, veranderde op slag en straalde opluchting en geluk uit. Het was alsof al haar bijna dode emoties plotseling weer tot leven waren gekomen door de warme adem van Pedro in haar hals, zijn brandende handen op haar schouders, zijn sterke borst tegen haar borsten... Ze had voor eeuwig zo kunnen blijven staan als ze niet de blik van Mama Elena had gevoeld, zodat ze zich haastig van hem losmaakte. Mama Elena kwam naar haar toe en vroeg: 'Wat heeft Pedro tegen je gezegd?'

'Niets, mammie.'

'Mij houd je niet voor de gek. Als je mij wilt beetnemen, moet je vroeger opstaan, dus houd je maar niet van de domme. Wee je gebeente als ik je weer in de buurt van Pedro zie.'

Na deze dreigende woorden van Mama Elena zorgde Tita ervoor dat ze zover mogelijk uit Pedro's buurt bleef. Maar ze slaagde er niet in de triomfantelijke glimlach van haar gezicht te wissen. Vanaf dat moment had de bruiloft voor haar een andere betekenis.

Ze vond het helemaal niet erg meer om te zien hoe Pedro en Rosaura de tafeltjes af gingen om met de gasten te toosten, ze samen te zien walsen en later de taart te zien aansnijden. Ze wist nu dat het waar was: Pedro hield van haar. Ze hunkerde naar het moment dat het feestmaal afgelopen zou zijn, zodat ze naar Nacha kon hollen om haar alles te vertellen. Ongeduldig wachtte ze totdat iedereen een stuk taart had gegeten zodat zij zich kon terugtrekken. Het handboek voor etiquette verbood haar eerder weg te gaan, maar kon niet verhinderen dat ze in de zevende hemel was terwijl ze haastig haar stuk taart opat. Ze werd zo door haar eigen gedachten in beslag genomen dat ze niet in de gaten had dat er om haar heen iets vreemds gebeurde. Bij de eerste hap van de taart werden alle aanwezigen overmand door een diepe droefheid. Zelfs de altijd zo beheerste Pedro moest zijn uiterste best doen zijn tranen te bedwingen. En ook Mama Elena, die bij de dood van haar man nog geen traan had gelaten, zat stilletjes te huilen. Maar dat was nog niet alles, dit gehuil was nog maar het eerste symptoom van een vreemde vergiftiging die een intens gevoel van melancholie en teleurstelling opriep, waarvan alle gasten het slachtoffer werden. Op de patio en rond het huis beweende iedereen zijn grote liefde. Niemand ontkwam aan de beheksing en slechts een enkeling had het geluk op tijd de wc te bereiken; de overige gasten namen deel aan de collectieve braakaanval die midden op de patio plaatsvond. De enige bij wie de taart niet de geringste uitwerking had was Tita. Zodra ze haar stuk op had, verliet ze het feest. Ze wilde Nacha zo snel mogelijk vertellen dat Pedro inderdaad alleen van haar hield. Omdat ze slechts dacht aan het gelukkige gezicht dat Nacha zou opzetten, merkte ze niet dat de situatie om haar heen steeds erger werd en zelfs alarmerende vormen aannam.

Rosaura moest kokhalzend de eretafel verlaten. Op alle mogelijke manieren probeerde ze haar misselijkheid te onderdrukken, maar die was sterker dan zij! Ze was vast van plan haar bruidsjurk te redden van het braaksel van vrienden en familieleden, maar toen ze de patio probeerde over te steken gleed ze uit en er bleef geen stukje van haar jurk schoon. Ze werd ondergedompeld in een woeste, grauwe vloedgolf en een paar meter meegesleurd, zodat ze zich niet meer kon inhouden en als een uitbarstende vulkaan enorme golven braaksel spuwde, voor de ontzette ogen van Pedro. Rosaura vond het verschrikkelijk dat door dit incident haar bruiloft vergald was en niemand kon het haar uit het hoofd praten dat Tita iets in de taart had gedaan.

De hele nacht lag ze te jammeren, gekweld door de gedachte dat ze zou overgeven op de geborduurde lakens, waaraan zo lang was gewerkt. Pedro stelde haar haastig voor de huwelijksnacht uit te stellen. Er gingen echter nog maanden voorbij voordat Pedro zich eindelijk genoodzaakt voelde zijn plicht als man te vervullen en voordat Rosaura durfde te zeggen dat ze zich weer helemaal goed voelde. Op een gegeven moment begreep Pedro dat hij de daad niet langer kon uitstellen en diezelfde nacht knielde hij met het bruidslaken naast zijn bed neer en zei, alsof het een gebed was: 'Lieve Heer, het is niet uit ontrouw of gerief, maar om u te geven een kindjelief.'

Tita had nooit kunnen bedenken dat het zo lang zou duren voordat de huwelijksnacht daadwerkelijk plaatsvond. Het kon haar ook niets schelen hoe het was gegaan en al helemaal niet of het op de dag van de kerkelijke plechtigheid of op een andere dag was gebeurd.

Ze maakte zich meer zorgen over haar eigen lijfsbehoud dan over andere dingen. Op de avond van het feest had Mama Elena haar een pak slaag gegeven zoals ze nog nooit had gekregen en ook nooit meer zou krijgen. Ze lag twee weken in bed om van de klappen te herstellen. De reden van die enorme afstraffing was dat Mama Elena zeker wist dat Tita, in heimelijk overleg met Nacha, met voorbedachten rade Rosaura's bruiloft had verpest door een braakmiddel in de taart te stoppen. Tita heeft haar er nooit van kunnen overtuigen dat het enige vreemde element in de taart haar tranen waren die er bij de bereiding in waren gevallen. Nacha kon niet voor haar getuigen, want toen Tita op de dag van de bruiloft eindelijk bij haar kwam, had ze haar dood aangetroffen, met wijd open ogen, pleisters tegen de hoofdpijn op haar slapen en de foto van een oude geliefde in haar handen.

Wordt vervolgd...

Volgende recept: KWARTELS IN ROZENBLAADJES

hoofdstuk 3

Maart

Kwartels in rozenblaadjes

Ingrediënten:

12 rozen, liefst rode
12 kastanjes
1 pithaya
2 eetlepels boter
2 eetlepels maïsmeel
2 druppels rozenessence
2 eetlepels anijszaad
2 eetlepels honing
2 tenen knoflook
6 kwartels

BEREIDING:

Haal heel voorzichtig de blaadjes van de rozen. Pas op dat je je niet in je vingers prikt, want behalve dat dat heel pijnlijk is (de prik), zouden de blaadjes bloed kunnen opnemen en daardoor verandert niet alleen de smaak van het gerecht, maar kunnen er ook chemische reacties optreden, wat onnodig gevaar oplevert.

Maar Tita was zó opgewonden omdat ze een bos rozen had gekregen, van Pedro nog wel, dat ze niet in staat was hieraan te denken. Zo'n sterke emotie had ze niet meer gevoeld sinds de bruiloft van haar zus, toen Pedro had verklaard dat hij van haar hield. Hoewel hij zijn liefde verborgen trachtte te houden, wist Mama Elena met haar scherpe, snelle geest wel wat er zou kunnen gebeuren als Pedro en Tita de kans kregen alleen met elkaar te zijn. Met allerlei wonderbaarlijke trucs was ze er tot nu toe in geslaagd de een buiten het bereik en het gezichtsveld van de ander te houden. Met één klein ding had ze echter geen rekening gehouden: na de dood van Nacha was Tita de aangewezen persoon in huis om de vrijgekomen plaats in de keuken in te nemen, en daar ontsnapten de geuren, de smaken, de substanties en wat die teweeg konden brengen aan haar strenge controle.

Tita was de laatste schakel in een keten van kokkinnen die sinds de pre-Columbiaanse tijd de keukengeheimen van generatie op generatie aan elkaar doorgaven. Ze werd beschouwd als de beste vertegenwoordigster van deze fantastische kunst, de kunst van het koken. Daarom werd haar benoeming tot officiële kokkin van de haciënda door iedereen heel goed ontvangen. Tita accepteerde de functie dankbaar, ondanks haar verdriet om het verlies van Nacha.

Na haar dood was Tita in een diepe depressie geraakt. Door te sterven had Nacha haar alleen gelaten. Voor Tita was het alsof haar echte moeder was gestorven. Pedro, die probeerde haar te helpen er weer bovenop te komen, dacht dat het aardig zou zijn haar ter gelegenheid van haar eerste jaar als kokkin van de haciënda een bos rozen te geven. Maar Rosaura – die inmiddels haar eerste kind verwachtte – dacht daar heel anders over. Toen Pedro met de bloemen binnenkwam en die aan Tita gaf in plaats van aan haar, barstte ze in huilen uit en verliet de salon.

Met één blik gebood Mama Elena Tita de kamer uit te gaan en zich van de bloemen te ontdoen. Pedro besefte nogal laat dat hij te ver was gegaan. Maar Mama Elena wierp hem een blik toe waarmee ze hem te verstaan gaf dat hij de schade die hij had aangericht nog kon goedmaken. Hij verontschuldigde zich dus en ging op zoek naar Rosaura. Tita drukte de rozen zo stevig tegen haar borst dat toen ze in de keuken kwam de bloemen niet meer roze waren, maar rood van het bloed van haar handen en borst. Ze moest snel beslissen wat ze met de rozen zou doen. Ze waren zo mooi! Ze kon ze onmogelijk in de vuilnisbak gooien, ten eerste omdat ze nog nooit rozen had gekregen en ten tweede omdat Pedro ze haar had gegeven. Plotseling hoorde ze heel duidelijk de stem van Nacha, die haar een oud recept influisterde waarin rozenblaadjes voorkwamen. Tita was het recept min of meer vergeten, want er waren fazanten voor nodig en die vogels hadden ze op de haciënda nooit gefokt.

Op dat moment hadden ze alleen maar kwartels, dus besloot ze het recept enigszins aan te passen om de bloemen toch te kunnen gebruiken.

Zonder zich te bedenken ging ze naar de patio om kwartels te vangen. Toen ze er zes had, liep ze ermee naar de keuken en maakte zich gereed om ze te slachten, wat haar niet makkelijk viel, want ze had ze zelf lange tijd gevoerd en verzorgd.

Ze haalde diep adem, greep de eerste kwartel en draaide hem de nek om, zoals ze Nacha zo vaak had zien doen. Ze deed het echter zo voorzichtig dat de arme kwartel niet doodging, maar met een geknakte kop zielig kermend door de keuken begon te rennen. Het was een afgrijselijk gezicht! Tita begreep dat je bij het slachten niet zwak mocht zijn: als je niet resoluut te werk ging, veroorzaakte je slechts enorm veel leed. Op dat moment bedacht ze dat ze graag zo sterk zou willen zijn als Mama Elena. Zij sneed een dier zonder pardon in één keer de keel door. Alhoewel, dat was niet helemaal waar. In het geval van Tita had ze een uitzondering gemaakt, haar was ze al begonnen te doden toen Tita nog klein was, stukje bij beetje, en nog wilde ze haar de genadeklap niet geven. Het huwelijk van Pedro en Rosaura had haar nek en haar hart gebroken, zoals bij de kwartel, en om te voorkomen dat de vogel net zoveel pijn zou lijden als zij, maakte ze het dier, uit medelijden, met vaste hand snel af. Bij de rest ging het een stuk makkelijker. Ze hoefde zich alleen maar voor te stellen dat er in de krop van iedere kwartel een lauw ei verborgen zat en dat zij de dieren door hun keel dicht te knijpen barmhartig van deze marteling bevrijdde. Als kind had ze aan het ontbijt vaak liever willen doodgaan dan het eeuwige verplichte lauwe ei te eten waartoe Mama Elena haar dwong. Ze voelde dan hoe haar slokdarm zich stevig, heel stevig samenkneep, zodat ze onmogelijk iets kon doorslikken. Maar als haar moeder haar dan een klap tegen haar hoofd gaf, was de knoop in haar keel op slag verdwenen, zodat het ei zonder problemen naar binnen gleed. Ze had haar zenuwen nu in bedwang en uiterst behendig maakte ze het karwei af.

Het was alsof het Nacha zelf was die via het lichaam

van Tita alle handelingen – de kwartels droog plukken, de ingewanden eruit halen en de vogels braden – uitvoerde.

Pluk de kwartels, maak ze schoon en wrijf ze in met peper en zout naar smaak; bind de poten bij elkaar zodat ze in een gracieuze houding blijven liggen wanneer ze in de boter worden aangebraden.

De kwartels moeten beslist droog geplukt worden, want als je ze in kokend water dompelt verandert de smaak van het vlees. Dit is een van de ontelbare keukengeheimen die men slechts in de praktijk leert. Aangezien Rosaura sinds ze haar handen aan de bakplaat had gebrand niet meer aan de culinaire activiteiten wilde meedoen, kende ze deze en vele andere gastronomische trucjes niet. Maar op een gegeven moment wilde ze, misschien om indruk te maken op Pedro of om Tita op haar eigen terrein te beconcurreren, toch een keer een maaltijd bereiden. Toen Tita haar vriendelijk een paar aanwijzingen wilde geven, werd Rosaura woedend en vroeg Tita de keuken uit te gaan.

Natuurlijk was de rijst te nat, het vlees te zout en het toetje aangebrand. Niemand aan tafel durfde echter commentaar te leveren, want Mama Elena had suggestief gezegd: 'Rosaura kookt voor het eerst en ik vind dat ze het niet slecht gedaan heeft. Wat vind jij, Pedro?'

Pedro wilde zijn vrouw niet kwetsen en bracht met veel moeite uit: 'Zeker, voor de eerste keer is het helemaal niet slecht.'

Uiteraard was de hele familie die avond doodziek geworden. Het was een waar drama, maar nog niets vergeleken bij wat er deze dag op de haciënda gebeurde. De combinatie van Tita's bloed met de blaadjes van de rozen die Pedro haar had gegeven bleek uiterst explosief.

Toen ze aan tafel gingen was de sfeer al enigszins gespannen, maar toen de kwartels werden opgediend werd de spanning ondraaglijk. Pedro, die er spijt van had dat hij zijn vrouw jaloers had gemaakt, kon zich toch niet inhouden toen hij de eerste hap van het gerecht proefde en riep uit, terwijl hij gelukzalig zijn ogen sloot: 'Dit smaakt goddelijk!'

Hoewel Mama Elena moest toegeven dat het werkelijk een exquise gerecht was, ergerde ze zich aan zijn commentaar en zei: 'Het is te zout.'

Rosaura deed alsof ze misselijk was en at niet meer dan twee happen. Met Gertrudis gebeurde er echter iets vreemds.

Het eten leek op haar dezelfde uitwerking te hebben als een liefdesdrank. Ze voelde een intense golf van warmte door haar benen trekken en door een gekriebel midden in haar lichaam kon ze niet netjes op haar stoel blijven zitten. Ze begon te transpireren en stelde zich voor wat ze zou voelen als ze op een paard zou zitten, in de armen van een revolutionair, zo een die ze een week eerder op het dorpsplein had gezien, die ruikt naar zweet, aarde, dreigend gevaar en onzekerheid, naar leven en dood. Ze was samen met het dienstmeisje Chencha op weg naar de markt, toen ze hem in de hoofdstraat van Piedras Negras zag aankomen. Hij reed voorop en was duidelijk de leider van de groep. Hun blikken kruisten elkaar en wat ze in zijn ogen zag deed haar trillen. Ze zag lange avonden bij het haardvuur, zonder het gezelschap van een vrouw die hij kon kussen, een vrouw die hij kon omhelzen, een vrouw... zoals zij. Ze haalde haar zakdoek te voorschijn en probeerde tegelijk met het zweet al deze zondige gedachten weg te wissen.

Maar het hielp niet, er was iets vreemds aan de hand. Ze probeerde steun te zoeken bij Tita, maar die zat afwezig voor zich uit te staren. Haar lichaam zat weliswaar keurig op haar stoel, maar er was geen teken van leven in haar ogen te bespeuren. Het leek wel alsof haar hele wezen door een vreemde scheikundige reactie was overgegaan in de rozensaus, in de kwartels, in de wijn en in iedere geur van het eten. Op die manier drong ze het lichaam van Pedro binnen, zinnenstrelend, geurig, warm, uiterst sensueel.

Het was alsof ze een nieuwe vorm van communicatie hadden gevonden waarbij Tita de zender was, Pedro de ontvanger en Gertrudis de gelukkige in wie deze twee elkaar, via het eten, in een ongewone seksuele relatie ontmoetten.

Pedro verzette zich niet en liet Tita tot in elke vezel van zijn lichaam binnendringen. En terwijl ze elkaar onafgebroken aankeken, zei hij: 'Ik heb nog nooit zoiets heerlijks geproefd, dank je wel. Dit gerecht is echt verrukkelijk. De rozen geven er een zeer fijne smaak aan.'

Maak de geplukte rozenblaadjes met de anijs fijn in een vijzel. Pof de kastanjes apart op een bakplaat, pel ze en kook ze in water. Maak er puree van. Snijd de knoflooktenen heel fijn en bak de knoflook in de boter goudbruin; doe er dan de kastanjepuree, de honing, de gemalen pithaya, de rozenblaadjes en zout naar smaak bij. Voeg eventueel twee eetlepels maïsmeel toe om de saus te binden. Haal hem ten slotte door een zeef en doe er twee druppels rozenessence bij, niet meer, want dan bestaat het risico dat de saus te sterk van geur en smaak wordt. Laat de saus goed heet worden en leg er de kwartels in zodat ze de smaak in zich opnemen. Haal ze er na tien minuten uit.

De geur van rozen is zo sterk dat de vijzel waarin de rozenblaadjes zijn fijngemaakt er nog dagenlang naar blijft ruiken.

Gertrudis was degene die hem moest afwassen, samen met de rest van het gebruikte keukengerei. Zij waste altijd af na het eten, op de patio, zodat ze de etensresten die in de pannen waren achtergebleven meteen aan de dieren kon voeren. Bovendien waren de pannen zo groot dat ze ze beter in de spoelbak kon afwassen. Maar op de dag van de kwartels vroeg ze Tita of zij voor haar wilde afwassen. Gertrudis voelde zich werkelijk onwel, ze transpireerde over haar hele lichaam. De zweetdruppeltjes die uit haar poriën kwamen waren roze en roken sterk naar rozen. Ze smachtte naar een bad en ging dat snel klaarmaken.

Achter op de patio, naast de kralen en de graanschuur, had Mama Elena een primitief stortbad laten installeren. Het bevond zich in een hokje dat was opgetrokken uit houten planken. Er zaten echter kieren tussen, die zo groot waren dat iedereen precies kon zien wie er aan het baden was. Het was het eerste stortbad waar men in het dorp ooit van had gehoord. Het was ontworpen door een neef van Mama Elena, die in San Antonio, Texas, woonde. Op ongeveer twee meter hoogte was een reservoir bevestigd met een inhoud van 40 liter. Dit moest eerst met water gevuld worden om met gebruikmaking van de zwaartekracht te kunnen functioneren. Het viel niet mee om de emmers water via de ladder naar boven te brengen, maar daarna was het een genot om de kraan open te draaien en al het water ineens over je lichaam te voelen stromen, en niet bij beetjes tegelijk, zoals wanneer men zich met kannen baadt. Jaren later betaalden de gringo's de neef een schijntje voor zijn uitvinding en perfectioneerden het bad. Ze maakten duizenden stortbaden, maar zonder reservoir want ze legden leidingen aan.

Als Gertrudis dat geweten had! Het arme kind liep wel tien keer met zware emmers op en neer. Bijna wilde ze het opgeven, want deze zware lichamelijke arbeid maakte de verzengende hitte die ze voelde nog erger. Het enige dat haar nog op de been hield was het idee van de verfrissende douche die ze straks zou kunnen nemen. Maar helaas kon ze er niet van genieten, want de druppels uit het reservoir bereikten haar lichaam niet: ze verdampten voordat ze haar raakten. Haar lichaam gaf zo'n enorme hitte af dat de planken krom trokken en in brand vlogen. Gertrudis was bang dat ze door de vlammen geroosterd zou worden en rende in paniek zo, poedelnaakt, het hokje uit.

Ondertussen was de rozengeur die haar lichaam afscheidde al in de wijde omtrek te ruiken. Zelfs buiten het dorp, waar revolutionairen en federalisten een wrede strijd voerden. Een van hen blonk uit door zijn moed. Het was de revolutionair die een week eerder door Piedras Negras had gereden en op het plein haar pad had gekruist.

Een roze wolk kwam hem tegemoet, omhulde hem en lokte hem naar de haciënda van Mama Elena, waar hij in volle galop heen reed. Juan, want zo heette de man, verliet het slagveld en liet daarbij een tegenstander halfdood achter, zonder te weten wat hij deed. Zijn handelen werd beheerst door een hogere macht. Hij werd gedreven door een sterk verlangen om zo snel mogelijk naar een plek te gaan die hij niet kende en op zoek te gaan naar iets waarvan hij niet wist wat het was. Het was niet moeilijk de weg te vinden. De geur van het lichaam van Gertrudis leidde hem. Hij kwam juist op tijd om haar door het open veld te zien rennen. Toen begreep hij ineens waarom hij daarheen was gegaan. Die vrouw had dringend behoefte aan een man die het verzengende vuur in haar binnenste zou doven. Een man die evenveel behoefte aan liefde had als zij, een man zoals hij.

Zodra Gertrudis hem op haar af zag komen, hield ze op met rennen. Naakt als ze was, met haar haar los tot aan haar middel en omgeven door een krans van licht, hield ze het midden tussen een engel en een duivelin. Haar fijne gezichtje en de volmaaktheid van haar onbevlekte, maagdelijke lichaam contrasteerden met de hartstocht en de wellust die overvloedig uit haar ogen en poriën stroomden. Deze elementen zorgden samen met Juans seksuele lust, die hij vanwege de strijd in de bergen zolang had moeten bedwingen, voor een spectaculaire ontmoeting.

Om geen tijd te verliezen boog hij zich in volle galop voorover, greep haar bij haar middel, zette haar voor zich op zijn paard, maar zó dat ze elkaar aankeken, en nam haar mee. Het paard, dat blijkbaar ook gehoorzaamde aan een hogere macht, galoppeerde verder alsof het precies wist wat zijn einddoel was, ondanks het feit dat Juan de teugels had losgelaten om Gertrudis hartstochtelijk te omhelzen en te kussen. De bewegingen van het paard vielen samen met die van hun lichamen, terwijl ze in volle galop op uiterst ingewikkelde wijze voor het eerst de liefde bedreven.

Het was allemaal zo snel gegaan dat de groep ruiters die Juan achterna was gekomen hem uit het oog verloor. Teleurgesteld keerden ze om en toen ze verslag moesten uitbrengen, vertelden ze dat de kapitein tijdens de gevechten ineens krankzinnig was geworden en daarom was gedeserteerd.

Zo wordt over het algemeen de geschiedenis geschreven, door het optekenen van verhalen van getuigen die vaak niet overeenkomen met de werkelijkheid. Tita's versie van het gebeurde was bijvoorbeeld heel anders dan die van de revolutionairen. Zij had alles gezien vanaf de patio waar ze de vaat deed. Ondanks een roze wolk die haar het gezicht belemmerde en de vlammen die uit de badkamer sloegen, was haar geen detail ontgaan. Pedro, die naar de patio was gegaan om zijn fiets op te halen, had het geluk om, aan Tita's zijde, eveneens getuige te zijn van het schouwspel.

En als zwijgende toeschouwers van een film werden Pedro en Tita tot tranen toe geroerd toen ze zagen dat hun helden de liefde bedreven, iets wat hun verboden was. Eén moment lang, een fractie van een seconde, had Pedro de loop van de geschiedenis kunnen veranderen. Hij nam Tita's hand en slaagde erin te zeggen: 'Tita...' Alleen dat. Er was geen tijd om meer te zeggen. De smerige werkelijkheid verhinderde dat. Ze hoorden Mama Elena met luide stem vragen wat er op de patio gebeurde. Als Pedro Tita toen had gevraagd met hem te vluchten, zou ze zich geen moment hebben bedacht. Maar dat deed hij niet; hij stapte snel op zijn fiets en begon als een bezetene te trappen. Hij kon het beeld van de rennende Gertrudis niet uit zijn hoofd zetten... Helemaal naakt! Hij was gehypnotiseerd geweest door haar grote borsten die op en neer deinden. Nog nooit had hij een vrouw naakt gezien. Tijdens het intieme samenzijn met Rosaura had hij nimmer het verlangen gevoeld haar lichaam te zien of te strelen. Ze gebruikten altijd het huwelijkslaken, waardoor slechts de edele delen van zijn echtgenote zichtbaar waren. Na de daad verliet hij voordat ze haar naakte lichaam zou laten zien de slaapkamer. Maar nu was zijn nieuwsgierigheid gewekt en zou hij heel graag Tita langdurig zo, zonder kleren, willen bekijken.

Hij zou haar mooie, grote lichaam tot op de laatste centimeter willen onderzoeken, ruiken en betasten. Het leek vast op dat van Gertrudis, ze waren niet voor niets zussen.

Het enige deel van Tita's lichaam dat hij uitentreuren kende, afgezien dan van haar gezicht en handen, was het ronde stukje kuit dat hij één keer had kunnen zien. 's Nachts werd hij dikwijls gekweld door de herinnering daaraan. Wat verlangde hij ernaar zijn hand op dat stukje huid te leggen en daarna haar hele lichaam te strelen, zoals hij het de man die Gertrudis had meegenomen had zien doen: hartstochtelijk, vurig, wellustig!

Tita probeerde op haar beurt tegen Pedro te schreeuwen dat hij op haar moest wachten, dat hij haar mee moest nemen naar ergens ver weg waar ze elkaar mochten beminnen, waar nog geen regels bestonden die nageleefd en gerespecteerd moesten worden, waar haar moeder niet was, maar ze kon geen geluid uitbrengen. De woorden bleven haar in de keel steken en werden gesmoord voordat ze uit haar mond konden komen.

Ze voelde zich zo alleen en verlaten! Een gevulde paprika die na een groot feestmaal op een schaal was blijven liggen kon er niet erger aan toe zijn dan zij. Hoe vaak had ze niet als ze alleen in de keuken was een van die heerlijkheden moeten opeten om te voorkomen dat die zou worden weggegooid. Dat niemand de laatste paprika van een schaal opeet, komt meestal omdat de mensen niet onbescheiden willen lijken. Ook al zouden ze nog zo graag die paprika van de schaal grissen, niemand durft dat te doen. Dus blijft zo'n gevulde paprika gewoon liggen, en dat terwijl hij alle mogelijke smaken in zich verenigt, het zoete van de sukade, het scherpe van de peper, het subtiele van de notensaus, het verfrissende van de granaatappelpitjes. Zo'n heerlijke gevulde paprika, waarin alle geheimen van de liefde besloten liggen, die doordat iedereen zo beleefd is nooit ontraadseld zullen worden.

Die verdomde beleefdheid! Dat verdomde handboek voor etiquette. Daardoor was haar lichaam gedoemd onherroepelijk langzaam aan te verwelken. En die verdomde Pedro, altijd zo beleefd, zo fatsoenlijk, zo netjes, zo... zo bemind!

Als Tita toen had geweten dat haar lichaam binnen enkele jaren de liefde zou leren kennen, zou ze op dat moment niet zo wanhopig geweest zijn.

Ze werd uit haar overpeinzingen gehaald doordat Mama Elena opnieuw riep, en snel zocht ze naar een antwoord. Ze wist niet wat ze tegen haar moeder moest zeggen, of ze eerst zou vertellen dat er brand was achter op de patio of dat Gertrudis met een revolutionair op een paard was verdwenen... naakt nog wel.

Ze besloot een verhaal op te dissen over een horde federalisten (aan wie Tita een enorme hekel had), die de badkamer in brand had gestoken en Gertrudis had ontvoerd. Mama Elena geloofde het verhaal en werd ziek van verdriet. Maar ze bezweek bijna toen pater Ignacio, de pastoor van het dorp, haar een week later vertelde – niemand weet hoe hij aan de informatie kwam – dat Gertrudis in een bordeel bij de grens werkte. Ze verbood de naam van haar dochter nog te noemen en liet haar foto's en geboorteakte verbranden.

Noch het vuur noch de jaren hebben echter de rozengeur kunnen verdrijven van de plek waar vroeger het stortbad was en wat nu het parkeerterrein van een departementsgebouw is. Ook het schouwspel dat Pedro en Tita hadden gezien en dat voorgoed een stempel op hen had gedrukt verdween nooit meer uit hun geest.

Vanaf die bewuste dag waren de kwartels in rozenblaadjes een stilzwijgende herinnering aan deze fascinerende gebeurtenis. Tita maakte het gerecht ieder jaar, als een offer aan de vrijheid die haar zus had verkregen, en ze besteedde extra veel zorg aan de garnering van de kwartels.

Schik de kwartels op een schaal, giet er de saus overheen en leg een hele roos in het midden en blaadjes rondom. Of maak in plaats van één grote schaal een bord voor ieder apart. Dat deed Tita het liefst, want zo liep ze niet het risico dat de garnering van de kwartels bij het opdienen verloren ging. Zo schreef ze het ook precies op in het kookboek waarmee ze diezelfde avond was begonnen, nadat ze een flink stuk aan haar sprei had gehaakt, zoals ze dagelijks deed. Terwijl ze zat te haken, haalde ze zich de beelden van Gertrudis die naakt buiten rende steeds opnieuw voor de geest, samen met beelden die ze bedacht over wat er daarna gebeurd zou zijn, toen haar zus uit haar gezichtsveld was verdwenen. Door gebrek aan ervaring was haar fantasie in dat opzicht uiteraard nogal beperkt.

Ze zou graag willen weten of Gertrudis nu wel kleren droeg, of dat ze nog steeds... naakt was. Ze was bang dat ze het misschien koud zou hebben, net als zij, maar kwam toen tot de conclusie dat dat niet zo zou zijn. Ze zat hoogstwaarschijnlijk bij het vuur, in de armen van haar man en zou het dus wel lekker warm hebben.

Plotseling schoot er een gedachte door haar heen en ze keek op naar de sterrenhemel. Omdat ze het aan den lijve had ondervonden, wist ze hoe krachtig het vuur van een blik kan zijn. Een blik is in staat zelfs de zon te laten schijnen. Maar als dat zo was, wat zou er dan niet gebeuren als Gertrudis naar een ster keek? De warmte van haar lichaam, opgewekt door de liefde, zou vast en zeker samen met haar blik door de eindeloze ruimte reizen zonder iets van haar energie te verliezen en uiteindelijk terechtkomen bij de ster waar ze naar keek. Dat deze grote sterren miljoenen jaren hebben kunnen overleven komt doordat ze ervoor waken de brandende stralen die geliefden van de hele wereld hun iedere nacht toesturen niet in zich op te nemen. Als ze dat wel zouden doen, zouden ze zo heet worden, dat ze in duizend stukjes uiteen zouden spatten. Daarom houden ze iedere blik tegen en kaatsen hem onmiddellijk terug naar de aarde, zoals een spiegel doet. Zo komt het dat ze 's nachts zo flonkeren. En zo kwam het dat Tita hoopte dat als zij tussen alle sterren aan het firmament de ster kon ontdekken waar haar zus op dat moment naar keek, ze door de weerkaatsing een beetje van de warmte zou opvangen waar haar zus zoveel van had.

Goed, dat hoopte ze, maar hoewel ze een voor een alle sterren van de hemel bekeek, voelde ze niets van warmte, eerder het tegendeel. Huiverend van kou ging ze terug naar bed, er vast van overtuigd dat Gertrudis vredig met stijf gesloten ogen lag te slapen en dat het experiment daarom niet werkte. Ze sloeg daarom de sprei over zich heen, die ze toen al drie keer dubbel kon vouwen, las het recept nog eens over om te zien of ze niets had vergeten en schreef eronder: 'De dag dat we dit aten is Gertrudis van huis gevlucht...'

Wordt vervolgd...

Volgende recept: KALKOEN MET MOLE VAN CHILI EN CHOCOLADE

hoofdstuk 4

April

Kalkoen met mole van chili en chocolade

Ingrediënten:

1 kalkoen
1/4 mulato chili
3 pasilla chili's
3 ancho chili's
een handje amandelen
een handje sesamzaad
bouillon van de kalkoen
een snee witbrood
pinda's, 1/2 ui, wijn
2 repen bittere chocolade
anijszaadjes
boter
kruidnagel, kaneel
peper, suiker
zaadjes van de chili's
5 tenen knoflook

BEREIDING:

Maak de kalkoen twee dagen nadat hij geslacht is schoon en kook hem met een beetje zout. Kalkoenvlees is lekker en kan zelfs zeer fijn van smaak zijn als de kalkoen zorgvuldig is vetgemest. Dit doet men door de vogels op schone erven te laten rondlopen, met graan en water in overvloed.

Begin de kalkoenen twee weken voordat ze geslacht worden nootjes te voeren. Stop de eerste dag één nootje in hun snavel, de volgende dag twee en voer de portie zo geleidelijk op tot aan de dag voordat ze geslacht worden. Laat ze in die tijd zoveel maïs eten als ze willen.

Tita deed heel erg haar best om de kalkoenen op de juiste manier vet te mesten, want ze wilde graag een goed figuur slaan op het zo belangrijke feest dat op de haciënda gevierd zou worden: de doop van haar neef, het eerste kind van Pedro en Rosaura. Deze gebeurtenis verdiende een groot diner met mole. Voor de gelegenheid hadden ze speciaal aardewerk met de naam Roberto laten maken, want zo heette het jongetje, dat overstelpt werd met aandacht en cadeautjes van familie en vrienden. En vooral van Tita, die tegen de verwachting in dol op het kind was en er helemaal niet meer aan dacht dat hij het product was van het huwelijk van haar zus met Pedro, haar grote liefde.

Enthousiast begon ze één dag voor de doop met de bereiding van de mole. Pedro hoorde haar vanuit de salon en had een geheel nieuwe gewaarwording. Het gekletter van pannen, de geur van amandelen die op de bakplaat werden geroosterd, de melodieuze stem van Tita die zong onder het koken, hadden zijn seksuele lust opgewekt. En zoals geliefden door de nabijheid of de geur van hun beminde of door de liefkozingen in het voorspel weten dat er een intiem samenzijn nadert, zo kondigden deze geluiden en geuren, vooral die van het geroosterde sesamzaad, Pedro aan dat er een culinair genot in aantocht was.

Rooster de amandelen en het sesamzaad op een bakplaat. Ontdoe de ancho chili's van hun zaadlijsten en rooster ze eveneens, maar slechts heel licht, anders worden ze bitter. Doe dit in een aparte koekenpan, met een beetje boter. Maal ze vervolgens samen met de amandelen en het sesamzaad op een maalsteen fijn.

Tita zat op haar knieën, gebogen over de steen, en bewoog tijdens het malen van de amandelen en het sesamzaad ritmisch heen en weer. Onder haar blouse dansten haar borsten vrij op en neer, want ze droeg nooit een beha. Zweetdruppels rolden vanuit haar hals langs de gleuf tussen haar ronde, stevige borsten naar beneden.

Pedro kon de geuren niet weerstaan en liep naar de keuken, maar toen hij Tita in die sensuele houding zag zitten bleef hij stokstijf in de deuropening staan.

Tita keek op, terwijl ze rustig doorging met malen. Haar ogen ontmoetten die van Pedro en onmiddellijk smolten hun vurige blikken zo volkomen samen dat iemand die hen gezien zou hebben slechts één enkele blik zou hebben waargenomen, één ritmische, sensuele beweging, één snelle ademhaling en één en hetzelfde verlangen.

Zo keken ze elkaar in verliefde extase aan, totdat Pedro zijn blik naar beneden liet glijden en zijn ogen op de borsten van Tita liet rusten. Die hield op met malen, ging rechtop zitten en stak haar boezem trots vooruit, zodat Pedro hem goed kon bekijken. Het onderzoek waaraan ze werd onderworpen veranderde voorgoed de verhouding tussen hen. Na die vorsende blik, die dwars door haar kleren heen drong, zou niets ooit meer hetzelfde zijn. Nu wist Tita uit eigen ervaring waarom het contact met vuur elke materie verandert, waarom een stukje deeg een tortilla wordt, waarom een borst die niet door het vuur van de liefde is aangeraakt een levenloze borst is, een deegbal zonder enig nut. Binnen slechts enkele ogenblikken had Pedro Tita's borsten van kuis sensueel gemaakt, zonder ze zelfs maar te hebben aangeraakt.

Wie weet wat er tussen Pedro en Tita was gebeurd als Chencha, die naar de markt was geweest voor de ancho chili's, niet was binnengekomen; misschien zou Pedro wel eindeloos de borsten die Tita hem bood zijn gaan kneden, maar helaas was dat niet het geval. Pedro deed alsof hij een glas water met citroen en salie kwam halen, pakte dit snel en ging de keuken uit.

Met trillende handen probeerde Tita verder te gaan met de mole alsof er niets gebeurd was.

Doe de fijngemalen amandelen en sesamzaadjes bij de kalkoenbouillon en voeg zout naar smaak toe. Stamp in een stenen vijzel de kruidnagel, de kaneel, de anijszaadjes en de peper fijn, en ten slotte de snee witbrood, die eerst met de gesnipperde ui en de knoflook in boter is gebakken. Doe er vervolgens de wijn bij en roer alles goed door elkaar.

Onder het fijnstampen van de kruiden probeerde Chencha voortdurend Tita's aandacht te trekken. Maar hoe ze de gebeurtenissen waarvan ze op het plein getuige was geweest ook overdreef en in geuren en kleuren over de harde gevechten in het dorp vertelde, ze wist Tita telkens maar even te boeien.

Die kon aan niets anders denken dan aan het opwindende gevoel van enkele ogenblikken geleden. Bovendien wist Tita precies waarom Chencha haar die dingen vertelde. Omdat ze niet meer het kleine meisje was dat bang werd van verhalen over de heks die kindertjes opat, de boeman en andere griezels, probeerde Chencha haar nu bang te maken met verhalen over mensen die waren opgehangen, doodgeschoten, verminkt, onthoofd of zelfs geofferd, bij wie dan midden op het slagveld het hart werd uitgerukt! Andere keren zou ze zich graag hebben laten meeslepen door de komische verhalen van Chencha en haar leugens zelfs zijn gaan geloven, zoals die over Pancho Villa die de bloedende harten van zijn vijanden opat, maar niet nu.

Pedro's blik had haar vertrouwen in de liefde die hij voor haar koesterde hersteld. De afgelopen maanden was ze vergiftigd geweest door de gedachte dat Pedro of tegen haar had gelogen toen hij haar op de dag van de bruiloft zijn liefde verklaarde, om haar niet te laten lijden, of in de loop der tijd werkelijk verliefd op Rosaura was geworden. Dit gevoel van onzekerheid was bij haar opgekomen toen hij ineens om onverklaarbare redenen haar gerechten niet meer prees. Wanhopig deed Tita iedere dag haar best om nog beter te koken. 's Nachts bedacht ze vertwijfeld nieuwe recepten – na natuurlijk eerst een flink stuk aan haar sprei te hebben gehaakt – om de verhouding die via de maaltijden tussen haar en Pedro was ontstaan te herstellen. Uit deze periode van verdriet stammen haar beste recepten.

Zoals een dichter met woorden speelt, zo speelde zij vrijelijk met ingrediënten en hoeveelheden en bereikte daarmee fantastische resultaten. Maar helaas, al haar inspanningen waren tevergeefs. Er kwam geen woord van lof over Pedro's lippen. Wat ze niet wist was dat Mama Elena Pedro had 'verzocht' de maaltijden niet meer te prijzen, want door haar dikke en misvormde lichaam was Rosaura al onzeker genoeg om ook nog eens de complimenten te moeten verdragen die hij Tita, zogenaamd voor haar kookkunst, maakte.

Wat voelde Tita zich in die tijd alleen. Ze miste Nacha verschrikkelijk! Ze haatte iedereen, Pedro incluis, en was ervan overtuigd dat ze nooit meer in haar leven van iemand zou houden. Natuurlijk verdwenen al deze gedachten zodra ze het kind van Rosaura in haar armen had.

Het was op een koude ochtend in maart. Ze was in het kippenhok eieren voor het ontbijt aan het rapen. De kippen hadden net gelegd en sommige eieren waren nog warm, zodat ze die onder haar blouse stopte, dicht tegen haar borst, om de kou waar ze chronisch last van had en die de laatste tijd steeds erger was geworden te verdrijven. Zoals gewoonlijk was ze eerder dan de anderen opgestaan.

Maar vandaag was ze nog een half uur vroeger dan anders, om een koffer met kleren voor Gertrudis te pakken. Nicolás ging op reis om vee op te halen en zij wilde deze kans benutten door hem te vragen of hij de koffer alsjeblieft naar haar zus wilde brengen. Uiteraard deed ze dit achter de rug van haar moeder om. Tita wilde die koffer sturen omdat ze het idee maar niet uit haar hoofd kon zetten dat Gertrudis nog steeds naakt rondliep. Natuurlijk weigerde ze te geloven dat haar zusje dat moest doen vanwege haar werk in het bordeel aan de grens. Ze dacht dat ze werkelijk geen kleren had om aan te trekken.

Snel gaf ze Nicolás de koffer en een envelop met het adres van het kot waar hij Gertrudis mogelijkerwijs zou kunnen vinden en ging daarna weer aan het werk.

Plotseling hoorde ze Pedro het rijtuig inspannen. Het verbaasde haar dat hij dat zo vroeg deed, maar toen ze naar de zon keek zag ze dat het al laat was en dat het inpakken van de kleren en ook van een deel van het verleden van Gertrudis meer tijd had gekost dan ze had gedacht. Het was niet gemakkelijk geweest om de dag waarop ze alledrie hun eerste communie hadden gedaan in de koffer te stoppen. De kaars, het boekje en de foto voor de kerk gingen er heel goed in, maar niet de smaak van de gevulde maïsbladeren en van de pudding die Nacha voor hen had gemaakt en die ze daarna in gezelschap van hun familie en vrienden hadden gegeten. De geverfde abrikozenpitjes gingen er wel in, maar niet hun gegiechel als ze daarmee op het schoolplein speelden, en ook niet juffrouw Jovita, of de schommel, of de geur van haar slaapkamer, of de geklopte chocolade. Gelukkig gingen de klappen en standjes van Mama Elena er ook niet in, want Tita had de koffer stevig dichtgedaan voordat die naar binnen konden glippen.

Juist op het moment dat Pedro haar wanhopig aan het roepen was kwam ze naar buiten. Hij moest naar Eagle Pass om dokter Brown, de arts van de familie, te gaan halen en kon haar nergens vinden. Bij Rosaura waren namelijk de weeën begonnen.

Pedro vroeg haar of ze zolang hij weg was voor Rosaura wilde zorgen.

Tita was de enige die dat kon doen. Er was verder niemand thuis: Mama Elena en Chencha waren al naar de markt gegaan om voorraden in te slaan, want ze verwachtten dat de baby elk moment geboren kon worden en wilden niet dat er ook maar iets zou ontbreken. Door de komst van de federalisten, die een bedreiging vormden in het dorp, hadden ze dit nog niet kunnen doen. Toen ze vertrokken wisten ze niet dat de bevalling eerder zou plaatsvinden dan ze dachten; zodra ze weg waren, was Rosaura met baren begonnen.

Er zat voor Tita dus niets anders op dan naar haar zusje te gaan en haar bij te staan, in de hoop dat het maar voor even zou zijn.

Ze had geen enkele behoefte om het jongetje of meisje of wat het ook was te leren kennen.

Maar alles liep anders dan verwacht. Pedro werd door de federalisten zonder enige reden gevangengenomen, zodat hij de dokter niet kon bereiken, en Mama Elena en Chencha konden niet meer naar huis vanwege een vuurgevecht dat ineens in het dorp was losgebarsten, waardoor ze genoopt waren hun toevlucht in het huis van de familie Lobo te zoeken. Zodoende was Tita als enige bij de geboorte van haar neef aanwezig, uitgerekend zij!

In de uren die ze aan haar zusjes zijde doorbracht leerde ze meer dan in al die jaren op de school in het dorp. Ze vervloekte haar onderwijzeressen en haar moeder meer dan ooit, omdat ze haar nooit hadden verteld wat je bij een bevalling moest doen. Wat had ze er op dat moment aan de namen van de planeten en het handboek voor etiquette van a tot z te kennen nu haar zusje bijna doodging en zij haar niet kon helpen. Rosaura was tijdens haar zwangerschap dertig kilo aangekomen, wat de toch al zware eerste bevalling nog eens extra moeilijk maakte.

Behalve dat haar zus buitensporig dik was, viel het Tita ook op dat Rosaura's lichaam enorm opzwol. Eerst haar voeten en toen haar gezicht en handen. Tita wiste het zweet van Rosaura's voorhoofd en probeerde haar moed in te spreken, maar deze scheen haar niet te horen.

Tita had weleens een dier geboren zien worden, maar aan die ervaring had ze op dit moment niets. Bij die gelegenheden was ze slechts toeschouwer geweest. Dieren wisten heel goed wat ze moesten doen, terwijl zij daarentegen van toeten noch blazen wist. Ze had lakens en een steriele schaar klaargelegd en warm water neergezet. Ze wist dat ze de navelstreng moest doorknippen, maar ze wist niet hoe of wanneer of op welke hoogte. Ze wist dat ze naar een aantal dingen bij de baby moest kijken zodra deze ter wereld was gekomen, maar ze wist niet naar welke. Het enige dat ze wist was dat het kind eerst geboren moest worden. En dat kon nog eindeloos duren! Telkens weer ging Tita tussen de benen van haar zusje kijken, maar er was niets te zien. Slechts een donkere, stille, diepe tunnel. Geknield voor Rosaura, vroeg ze wanhopig aan Nacha of die haar wilde bijstaan.

Als het mogelijk was dat Nacha haar recepten dicteerde, dan was het ook mogelijk dat ze haar uit deze moeilijke situatie redde! Iemand moest Rosaura vanuit de andere wereld helpen, want degenen op deze wereld konden het niet.

Ze wist niet hoe lang ze op haar knieën had zitten bidden, maar toen ze eindelijk haar ogen opsloeg, veranderde de donkere tunnel van het ene moment op het andere in een rode rivier, in een woeste vulkaan. Het vlees van haar zus scheurde open om het leven door te laten. Tita zou nooit het geluid en het beeld vergeten van het hoofd van haar neefje dat zegevierend uit zijn strijd om te leven te voorschijn kwam. Het was geen mooi hoofd. Door de druk waaronder het schedeltje zoveel uren had gestaan, had het de vorm van een kegel. Maar Tita vond het het mooiste hoofd dat ze ooit had gezien.

Het gehuil van het kind drong door tot in alle lege hoeken van Tita's hart. Toen wist ze dat ze weer liefhad: het leven, dit kind, Pedro, zelfs haar zusje, die ze zo lang had gehaat. Ze nam het kind in haar handen, gaf het aan Rosaura en met hun armen om het kind heengeslagen zaten ze een tijdje te huilen. Daarna wist ze door de aanwijzingen die Nacha haar influisterde precies wat ze moest doen: de navelstreng op de juiste plek en het juiste moment doorknippen, het lijfje van het kind met olie van zoete amandelen schoonmaken, de navelstreng afbinden en het kind aankleden. Ze begreep meteen hoe ze hem eerst het hemdje en het bloesje aan moest doen, toen het navelbandje, toen de katoenen luier, daaroverheen het luierbroekje, toen de doek om zijn benen, toen het jakje, toen de kousjes en schoentjes, en tot slot kruiste ze met behulp van een pluche tuigje zijn handen op zijn borst zodat hij niet aan zijn gezicht kon krabben. Toen Mama Elena en Chencha in gezelschap van de Lobo's 's avonds thuiskwamen, waren ze vol bewondering voor het professionele werk van Tita. Als een gestopt worstje lag het kind rustig te slapen.

Pedro werd pas de volgende dag vrijgelaten. Toen hij samen met dokter Brown arriveerde was iedereen opgelucht. Ze hadden gevreesd voor zijn leven. Nu hoefden ze zich alleen nog maar zorgen te maken om de gezondheid van Rosaura, die nog erg zwak en opgeblazen was. Dokter Brown onderzocht haar grondig. Pas toen werd het hun duidelijk hoe gevaarlijk de bevalling was geweest. Volgens de dokter had Rosaura een toeval gehad waaraan ze had kunnen sterven. Hij was zeer verbaasd dat Tita haar onder zulke moeilijke omstandigheden zo zelfverzekerd en doortastend had bijgestaan. Nu ja, het is natuurlijk de vraag wat hem het meest verraste, het feit dat Tita haar in haar eentje, zonder enige ervaring, had bijgestaan, of het feit dat hij ineens ontdekte dat Tita, in zijn herinnering een meisje met grote tanden, zonder dat hij daar erg in had gehad tot een beeldschone vrouw was opgegroeid.

Sinds de dood van zijn vrouw, vijf jaar geleden, had hij zich nooit meer tot een vrouw aangetrokken gevoeld. De pijn om het verlies van zijn echtgenote vlak na hun huwelijk had hem al die jaren ongevoelig voor de liefde gemaakt. Wat een vreemd gevoel kreeg hij nu hij Tita bestudeerde. Er trok een kriebeling door zijn hele lichaam, die zijn ingeslapen zintuigen wakker maakte en prikkelde. Hij bekeek haar alsof hij haar voor het eerst zag. Wat vond hij haar tanden mooi. Ze hadden nu precies de goede afmetingen binnen de volmaakte harmonie van haar fijne, delicate gelaatstrekken.

De stem van Mama Elena onderbrak zijn gedachten.

'Dokter, zou u het vervelend vinden om twee keer per dag langs te komen, totdat mijn dochter buiten levensgevaar is?'

'Natuurlijk niet! In de eerste plaats is dat mijn plicht en in de tweede plaats is het een genoegen uw gezellige huis geregeld te bezoeken.'

Het was een geluk dat Mama Elena zo in beslag werd genomen door de gezondheid van Rosaura dat ze de bewonderende glans die er in Johns blik lag wanneer hij naar Tita keek niet zag, want anders had ze de deuren van haar huis niet zo argeloos voor hem opengezet.

Voorlopig vormde de dokter nog geen enkel probleem voor Mama Elena; het enige dat haar nu bezighield was het feit dat Rosaura geen melk had.

In het dorp vonden ze gelukkig een voedster die bereid was het kind te zogen. Ze was familie van Nacha, had zojuist haar achtste kind gekregen en vond het een eer om de kleinzoon van Mama Elena te mogen voeden. Een maandlang deed ze dat fantastisch, totdat ze op een ochtend, toen ze naar het dorp ging om haar familie te bezoeken, werd geraakt door een verdwaalde kogel uit een vuurgevecht tussen rebellen en federalisten en dodelijk werd getroffen. Een van haar familieleden kwam het bericht op de haciënda brengen, juist toen Tita en Chencha alle ingrediënten voor de mole in een grote stenen pot door elkaar aan het roeren waren.

Dit is de laatste stap, die pas plaatsvindt wanneer alle ingrediënten zoals hierboven beschreven zijn fijngemaakt. Doe alles in een pan, voeg de stukken kalkoen, de repen chocolade en suiker naar smaak toe. Neem de pan van het vuur zodra de saus dik begint te worden.

Tita moest de mole in haar eentje afmaken, want zodra Chencha het nieuws had gehoord, ging ze naar het dorp om te proberen een nieuwe voedster voor Tita's neefje te vinden. Ze kwam pas tegen de avond terug, zonder dat ze geslaagd was. De baby huilde hartverscheurend. Ze probeerden hem koeienmelk te geven, maar die weigerde hij. Toen probeerde Tita hem thee te geven, net zoals Nacha bij haar had gedaan, maar het was zinloos: het kind weigerde die ook. Ze kwam op het idee de omslagdoek die de voedster Lupita had laten liggen om te slaan, denkend dat het kind rustig zou worden als het de bekende geur ervan zou ruiken, maar het kind begon alleen maar harder te huilen. Die geur betekende immers dat hij spoedig zijn voeding zou krijgen en hij begreep maar niet waarom die niet kwam. Wanhopig zocht hij zijn melk tussen de borsten van Tita. Als er één ding in het leven was waar Tita niet tegen kon, was het dat een hongerig wezen haar om eten vroeg en zij dit niet kon geven. Dat vond ze verschrikkelijk. Op een gegeven moment maakte Tita haar blouse open en bood het kind haar borst. Ze wist dat die kurkdroog was, maar hij kon in ieder geval als speen dienen en de baby bezighouden terwijl zij intussen bedacht hoe ze zijn honger moest stillen.

Het kind beet zich wanhopig aan haar tepel vast en zoog als een bezetene, met zo'n buitengewone kracht dat hij melk uit Tita wist te krijgen. Toen ze zag dat het gezicht van het kind langzaam aan weer ontspande en hem hoorde slikken, vermoedde ze dat er iets vreemds aan de hand was. Zou het mogelijk zijn dat het kind melk uit haar haalde? Toen ze om dit te testen het kind van haar borst nam, zag ze hoe er een paar druppels melk uit zijn mond kwamen. Tita kon maar niet begrijpen wat er gebeurde. Een ongetrouwde vrouw kon toch geen melk geven! Hier was sprake van een bovennatuurlijk verschijnsel, waar men in die tijd geen verklaring voor had. Zodra het kind voelde dat hij van zijn voedsel werd gescheiden, begon het weer te huilen. Tita liet hem onmiddellijk weer haar tepel vastbijten, totdat hij volledig verzadigd was en vredig in slaap viel, als een engeltje. Ze zat zo aandachtig naar de baby te kijken dat ze niet merkte dat Pedro de keuken binnenkwam. Tita was op dat moment de personificatie van Ceres, de godin van het voedsel in overvloed, zelve.

Pedro was in het geheel niet verbaasd en hoefde ook

geen uitleg te hebben. Met een verrukte glimlach liep hij naar hen toe, boog zich voorover en gaf Tita een kus op haar voorhoofd. Tita haalde het kind van haar borst, want het had genoeg gehad. Toen zagen Pedro's ogen in het echt wat ze daarvoor alleen door haar kleren heen hadden gezien: Tita's borsten.

Tita probeerde ze met haar blouse te bedekken en Pedro hielp haar zonder iets te zeggen, heel teder. Hierbij maakte een aantal tegenstrijdige gevoelens zich van hen meester: liefde, verlangen, tederheid, lust, schaamte... angst om betrapt te worden. Het geluid van de voetstappen van Mama Elena op de houten planken waarschuwde hen juist op tijd voor het gevaar. Het lukte Tita nog net om haar blouse dicht te knopen en Pedro om een eindje van haar vandaan te gaan staan voordat Mama Elena de keuken binnenkwam. Dus toen ze de deur opendeed, was er niets te zien waarover ze zich, binnen de geldende omgangsvormen, druk hoefde te maken. Pedro en Tita waren ogenschijnlijk doodkalm.

Toch hing er iets in de lucht waardoor Mama Elena al haar zintuigen op scherp zette om erachter te komen wat haar zo verontrustte.

'Tita, hoe is het met het kind? Heeft hij nu iets gegeten?'

'Ja, mammie, hij heeft zijn thee gedronken en is in slaap gevallen.'

'Godzijdank! Waar wacht je dus nog op, Pedro? Ga het kind naar je vrouw brengen. Kinderen moeten bij hun moeder zijn.'

Pedro vertrok met het kind in zijn armen. Mama Elena sloeg Tita nog steeds nauwlettend gade. Er lag in Tita's ogen een onrustige glans die haar helemaal niet beviel.

‘Is het drankje voor je zus al klaar?’

‘Ja, mammie.’

‘Geef maar hier, dan zal ik het haar brengen. Ze moet het zowel overdag als ’s nachts nemen, zodat ze melk gaat geven.’

Maar hoe vaak ze het drankje ook nam, ze ging geen melk geven. Tita daarentegen had sinds die dag genoeg om, als ze dat had gewild, niet alleen Roberto maar ook nog twee andere kinderen de borst te geven. Omdat Rosaura de eerste paar dagen erg zwak bleef, verbaasde het niemand dat Tita het voeden van haar neefje op zich nam; nooit kwam iemand erachter hoe ze dat deed, want met hulp van Pedro lette Tita er heel goed op dat niemand haar zag.

In plaats van dat het kind dus een reden tot verwijdering tussen hen was, bracht het hen uiteindelijk alleen maar dichter bij elkaar. Het leek wel alsof Tita de moeder van het kind was en niet Rosaura. Zo voelde ze het en zo gedroeg ze zich ook. Op de dag van de doop liep ze trots met haar neefje rond en liet hem aan de gasten zien! Omdat Rosaura zich nog steeds niet goed voelde, kon zij slechts in de kerk aanwezig zijn. Dus nam Tita haar plaats in aan het banket.

Dokter John Brown zat als betoverd naar Tita te kijken. Hij kon zijn ogen niet van haar afhouden. John was alleen maar naar de doop gegaan om te proberen haar onder vier ogen te spreken. Ondanks het feit dat ze elkaar dagelijks zagen bij de visites die John Rosaura bracht, hadden ze geen gelegenheid gehad vrij en ongestoord met elkaar te praten. Toen Tita toevallig langs zijn tafel liep, stond hij op en ging naar haar toe met de smoes dat hij de baby wilde zien.

'Wat ziet dat er leuk uit, een kindje met zo'n knappe tante!'

'Dank u, dokter!'

'Terwijl dit niet eens uw eigen kind is. Ik zie al voor me wat een mooi gezicht het zou zijn als u uw eigen kind zou vasthouden.'

Er gleed een schaduw van droefheid over Tita's gezicht. John merkte het en zei: 'Het spijt me, ik geloof dat ik iets verkeerds gezegd heb.'

'Nee, daar gaat het niet om. Het punt is dat ik niet mag trouwen en geen kinderen mag krijgen, omdat ik tot haar dood voor mijn moeder moet zorgen.'

'Hoe bedoelt u? Dat is belachelijk.'

'Maar zo is het wel. Als u me nu wilt excuseren, dan kan ik me met mijn gasten bezighouden.'

Tita liep snel weg en liet John in grote verwarring achter. Ook zij was van haar stuk gebracht, maar ze herstelde zich onmiddellijk toen ze Roberto in haar armen voelde. Wat kon haar lot haar schelen zolang ze dit kind, dat meer van haar dan van wie ook was, in haar buurt mocht hebben. In feite vervulde zij de rol van moeder, ook al was ze dat niet echt. Pedro en Roberto behoorden haar toe, en meer had ze in het leven niet nodig.

Tita was zo gelukkig dat ze niet in de gaten had dat haar moeder haar, net als John, maar om een andere reden, geen moment uit het oog verloor. Ze was ervan overtuigd dat er iets gaande was tussen Tita en Pedro. In haar poging daarachter te komen at ze zelfs niet. Ze hield hen zo nauwlettend in de gaten dat ze niet merkte dat het feest uiterst geslaagd was. Iedereen was het erover eens dat dat voor een groot deel aan Tita te danken was. De mole die ze had gemaakt was verrukkelijk! Ze werd voortdurend gecomplimenteerd met haar kookkunst en iedereen wilde haar geheim weten. Het was alleen heel jammer dat op het moment dat Tita op deze vraag antwoordde dat haar geheim was dat ze de mole met heel veel liefde had gemaakt, Pedro in de buurt stond. De twee keken elkaar een fractie van een seconde veelbetekenend aan, denkend aan het moment waarop Tita met de maalsteen bezig was geweest, maar de adelaarsblik van Mama Elena onderschepte die vonk op twintig meter afstand en dat bracht haar danig uit haar humeur.

Te midden van alle gasten was zij de enige die uit haar humeur was, want merkwaardig genoeg waren alle aanwezigen na het eten van de mole in een euforische toestand geraakt, met uitbarstingen van uitzonderlijke vrolijkheid. Ze lachten en maakten lawaai zoals ze dat nog nooit hadden gedaan en voorlopig ook niet weer zouden doen. De revolutie dreigde overal honger en dood te brengen, maar het was alsof iedereen nu even probeerde te vergeten dat er in het dorp hevig geschoten werd.

De enige die zich niet liet gaan was Mama Elena. Naarstig zocht ze naar een uitweg voor haar irritatie en toen Tita op een gegeven moment zo dichtbij was dat deze haar woordelijk zou kunnen verstaan, vertelde ze met luide stem aan pater Ignacio: 'Zoals de zaken er nu voorstaan, vader, ben ik bang dat op een dag mijn dochter Rosaura een arts nodig heeft en we die niet kunnen bereiken, zoals op de dag van haar bevalling. Ik denk dat het het beste is dat ze zodra ze weer wat is aangesterkt samen met haar man en haar zoontje in Texas gaat wonen, bij mijn neef in San Antonio. Daar zal ze betere medische hulp hebben.'

'Ik ben het niet met u eens, doña Elena. Vanwege de

politieke situatie heeft u nu juist een man in huis nodig om u te verdedigen.'

'Ik heb nog nooit een man ergens voor nodig gehad. Zowel de haciënda als mijn dochters heb ik altijd in mijn eentje aangekund. Mannen zijn niet zo belangrijk in het leven, vader,' onderstreepte ze nog eens. 'En de revolutie is ook niet zo gevaarlijk als men beweert! Erger is een hete peper en geen water in de buurt!'

'Zeg dat wel!' antwoordde hij lachend. 'Die doña Elena! Altijd even geestig. En vertelt u mij eens, heeft u er al over nagedacht waar Pedro in San Antonio zou moeten werken?'

'Hij kan beginnen als boekhouder in het bedrijf van mijn neef, dat zal geen probleem zijn want hij spreekt perfect Engels.'

De woorden die Tita had gehoord weergalmden als kanonschoten in haar hersenen. Ze mocht dit niet laten gebeuren. Ze konden haar nu het kind niet afnemen. Ze moest dat hoe dan ook verhinderen. In ieder geval had Mama Elena het feest voor haar totaal bedorven. Het eerste feest in haar leven dat ze leuk vond.

Wordt vervolgd...

Volgende recept: CHORIZO UIT HET NOORDEN

hoofdstuk 5

Mei

Chorizo uit het Noorden

Ingrediënten:

8 kilo varkenslende
2 kilo vet spek
1 kilo ancho chili's
60 g komijn
60 g oregano
30 g peper
60 g kruidnagelen
2 koppen knoflooktenen
2 liter appelazijn
1/4 kilo zout

BEREIDING:

Ontdoe de chili's van de zaadjes en zet ze op met de appelazijn. Neem de pan zodra de azijn begint te koken van het vuur, doe er een deksel op en laat de chili's zacht worden.

Chencha deed het deksel op de pan en ging snel naar de moestuin om Tita te helpen met wormen zoeken. Mama Elena kon ieder moment de keuken binnenkomen om te kijken hoe het met de bereiding van de chorizo en met het water voor haar bad ging, en met beide dingen liepen ze behoorlijk achter. Dat kwam doordat Tita sinds Pedro, Rosaura en hun kind naar San Antonio, Texas, waren vertrokken, alle belangstelling voor het leven had verloren. Het enige waarvoor ze nog interesse had was een weerloze jonge duif, die ze met wormen probeerde groot te brengen. Verder kon het huis wat haar betreft instorten.

Chencha moest er niet aan denken wat er zou gebeuren als Mama Elena erachter kwam dat Tita niet met de bereiding van de chorizo wilde helpen.

Ze hadden besloten chorizo te maken, omdat dat een van de beste en goedkoopste manieren is om varkensvlees te verwerken. Zo bedierf het vlees niet en waren ze lange tijd verzekerd van goed voedsel. Ze hadden ook een enorme hoeveelheid rookvlees, ham, spek en reuzel gemaakt. Van dit varken mocht niets verloren gaan, want het was een van de weinige beesten die ze nog over hadden na het bezoek van het revolutionaire leger enkele dagen geleden.

De dag dat de rebellen kwamen waren alleen Mama Elena, Tita, Chencha en twee dagloners, Rosalío en Guadalupe, op de haciënda. Nicolás, de voorman, was vee gaan kopen; vanwege de voedselschaarste hadden ze alle beesten van de haciënda moeten slachten en de veestapel moest dringend worden aangevuld. Hij had twee van de betrouwbaarste knechten meegenomen om hem te helpen. De zorg voor de haciënda had hij aan zijn zoon Felipe overgedragen, maar Mama Elena had deze van zijn taak ontslagen en zelf de leiding op zich genomen. Zo kon Felipe naar San Antonio, Texas, gaan om Pedro en zijn gezin op te zoeken. Sinds hun vertrek hadden ze niets meer van hen gehoord en ze waren bang dat er iets gebeurd was.

Rosalío kwam aangegaloppeerd met het bericht dat er een groep ruiters in aantocht was. Mama Elena pakte haar jachtgeweer en terwijl ze het schoonmaakte, besloot ze haar waardevolle bezittingen voor de vraatzucht en de begeerte van deze mannen te verstoppen. De verhalen die ze over de revolutionairen had gehoord waren allesbehalve gunstig. Natuurlijk waren die ook allesbehalve betrouwbaar, want ze kwamen van pater Ignacio en van de burgemeester van Piedras Negras. Van hen had ze gehoord hoe de revolutionairen de huizen binnendrongen, alles met de grond gelijk maakten en de meisjes die ze tegenkwamen verkrachtten. Dus stuurde ze Tita en Chencha met het varken naar de kelder om zich daar schuil te houden.

Toen de rebellen arriveerden stond Mama Elena in de deur van het huis, met het geweer onder haar rokken verborgen en Rosalío en Guadalupe naast haar. Haar blik kruiste die van de bevelvoerende kapitein en door de hardheid in haar ogen begreep hij meteen dat er met deze vrouw niet te spotten viel.

'Goedemiddag, mevrouw. Bent u de eigenares van deze haciënda?'

'Inderdaad. Wat wilt u?'

'We willen u vriendelijk verzoeken een bijdrage aan de goede zaak te leveren.'

'En ik zeg u vriendelijk dat u alle voorraden uit de

graanschuur en de kralen mag meenemen. Maar van de dingen in mijn huis blijft u af, begrepen? Die zijn voor mijn eigen zaak.'

De kapitein salueerde schertsend en antwoordde: 'Begrepen, generaal.'

De soldaten lachten allemaal om dit grapje, maar de kapitein zag wel in dat Mama Elena niet met zich liet sollen, dat het haar bittere ernst was.

Hij probeerde zich niet te laten imponeren door haar gebiedende, strenge blik en gaf zijn mannen bevel de haciënda te doorzoeken. Ze vonden niet veel, een paar maïskolven en acht kippen. Een van de sergeanten liep boos naar de kapitein en zei: 'Dat mens heeft vast alles in haar huis verstopt, laat mij gaan kijken!'

Mama Elena, haar vinger aan de trekker, antwoordde: 'Ik heb gezegd dat niemand een voet in mijn huis zet en dat meen ik!'

De sergeant zwaaide lachend de kippen die hij in zijn hand hield heen en weer en wilde naar de deur lopen. Mama Elena richtte haar geweer, leunde tegen de muur om niet te vallen door de terugslag van het schot en schoot op de kippen. De stukken vlees vlogen in het rond en er verspreidde zich een lucht van verbrande veren.

Rosalío en Guadalupe haalden trillend hun pistool te voorschijn, er vast van overtuigd dat hun laatste uur had geslagen. De soldaat naast de kapitein wilde op Mama Elena schieten, maar de kapitein hield hem tegen. Iedereen wachtte op een bevel van hem om aan te vallen.

'Ik heb een heel vaste hand en een heel slecht karakter, kapitein. Het volgende schot is voor u en ik verzeker u dat ik in staat ben u neer te schieten voordat zij mij doden. Laten we elkaar dus respecteren. Mij zal niemand missen als we alle twee dood zijn, maar uw dood zou voor het land een groot verlies betekenen, of niet soms?'

Het was beslist niet makkelijk de blik van Mama Elena te doorstaan, zelfs niet voor een kapitein. Haar blik had iets dat iedereen bang maakte. Degenen die zij aankeek begonnen te sidderen van angst: ze hadden het idee voor hun fouten terecht te moeten staan. Ze voelden zich als een klein kind dat bang is voor de straf van zijn moeder.

'Ja, u heeft gelijk. Maar maakt u zich geen zorgen, niemand zal u doden of oneerbiedig behandelen, stel je voor! Ik heb dappere vrouwen als u altijd bewonderd.' En zich tot zijn soldaten wendend, zei hij: 'Niemand gaat het huis binnen. Kijk wat er hier nog meer te vinden is en dan gaan we.'

Wat ze ontdekten was de grote duiventil, die het hele puntdak van het enorme huis in beslag nam. Om er te komen moesten ze een zeven meter hoge ladder opklimmen. Drie rebellen gingen naar boven. Van verbazing bleven ze geruime tijd roerloos staan. Ze waren diep onder de indruk van de enorme afmetingen van de zolder, van de duisternis en van het gekoer van al die duiven die door de zijraampjes in en uit vlogen. Ze deden de deur en de raampjes dicht zodat er geen enkele kon ontsnappen en gingen duiven vangen.

Al snel hadden ze er zoveel dat het hele bataljon er een week van zou kunnen eten. Voordat ze weer vertrokken, reed de kapitein nog een rondje over de patio achter het huis en snoof diep de hardnekkige geur van rozen op die daar nog steeds hing. Hij sloot zijn ogen en bleef zo een poos staan. Terug bij Mama Elena vroeg hij haar: 'Ik heb begrepen dat u drie dochters heeft. Waar zijn die?'

'De oudste en de jongste wonen in de Verenigde Staten, de derde is dood.'

De kapitein leek geschokt, hij antwoordde nauwelijks hoorbaar: 'Dat is spijtig, zeer spijtig.'

Met een buiging nam hij afscheid van Mama Elena. Ze vertrokken even rustig als ze gekomen waren en Mama Elena was danig in de war door hun gedrag tegenover haar; ze leken in niets op de brute vechtjassen die ze had verwacht. Vanaf die dag liet ze zich liever niet meer uit over de revolutionairen. Wat ze nooit te weten kwam is dat deze kapitein Juan Alejandrez was, dezelfde man die een paar maanden eerder haar dochter Gertrudis had meegenomen.

Ze stonden quitte, want de kapitein wist weer niet dat Mama Elena achter het huis nog een heleboel kippen had. Voordat de rebellen de haciënda hadden bereikt hadden ze er nog twintig kunnen slachten. Volgestopt met tarwe- of haverkorrels en met veren en al in een geglazuurde aardewerken pot gestopt, worden de kippen gegaard in hete as. De pot wordt vervolgens goed afgedekt met een doek en zo blijft het vlees meer dan een week goed.

Deze methode dateerde van heel lang geleden, toen op de haciënda na een jachtpartij het vlees van de dieren geconserveerd moest worden.

Toen Tita uit haar schuilplaats te voorschijn kwam, was het eerste dat ze miste het aanhoudend gekoer van de duiven, dat sinds haar geboorte deel uitmaakte van haar dagelijks leven. Door deze plotselinge stilte viel de eenzaamheid ineens als een blok op haar. Op dat moment miste ze Pedro, Rosaura en Roberto verschrikkelijk. Ze klom snel de enorme ladder naar de duiventil op en trof daar slechts een tapijt van veren en de gebruikelijke smerigheid aan.

De wind blies door de geopende deur en tilde een paar veren op, die vervolgens op een kleed van stilte neerdaalden. Plotseling hoorde ze een zacht geritsel: een pas geboren duif was aan de slachtpartij ontkomen. Tita pakte hem op en wilde naar beneden gaan, maar bleef nog even staan om naar de stofwolk te kijken die de paarden van de wegrijdende soldaten opwierpen. Verbaasd vroeg ze zich af waarom ze haar moeder ongedeerd hadden gelaten. In haar schuilplaats had ze gebeden dat haar moeder niets zou overkomen, maar onbewust had ze gehoopt dat Mama Elena dood zou zijn als zij weer te voorschijn kwam.

Beschaamd over die gedachte stopte ze het duifje tussen haar borsten, zodat ze haar handen vrij had om zich goed aan de gevaarlijke ladder vast te houden. Toen ging ze weer naar beneden. Vanaf die dag was haar grootste zorg het grootbrengen van het zwakke duifje. Dat was het enige dat nog zin aan haar leven gaf. Het was niet te vergelijken met de voldoening die het zogen van een kind gaf, maar ergens leek het er toch op.

Haar borsten waren van de ene dag op de andere opgedroogd, door het verdriet om het vertrek van haar neefje. Terwijl ze wormen zocht, vroeg ze zich voortdurend af door wie en hoe Roberto nu gevoed zou worden. Deze vraag kwelde haar dag en nacht. Ze had de hele maand geen oog dichtgedaan. Het enige dat ze in die tijd had gepresteerd was haar enorme sprei vijf keer zo groot maken. Chencha haalde haar uit haar droeve overpeinzingen en duwde haar de keuken in. Ze zette haar achter de maalsteen en liet haar de kruiden samen met de chili's malen. Dit gaat makkelijker als men tijdens het malen af en toe een paar druppels azijn toevoegt. Meng als laatste het zeer fijn gesneden of gemalen vlees door de chili's en de kruiden en laat het geheel geruime tijd staan, liefst een hele nacht.

Nauwelijks waren ze begonnen met malen of Mama Elena kwam de keuken binnen met de vraag waarom de badkuip nog niet gevuld was. Ze hield er niet van laat in bad te gaan, want dan kreeg ze haar haar niet op tijd droog.

Het bad van Mama Elena voorbereiden was hetzelfde als een ceremonie voorbereiden. Eerst moest het water gekookt worden met lavendel, Mama Elena's lievelingsgeur. Daarna werd dit 'aftreksel' door een schone doek gegoten en werden er een paar druppels brandewijn aan toegevoegd. Ten slotte moest dit warme water emmertje voor emmertje naar de 'donkere kamer' gebracht worden, een klein vertrek achter in het huis, naast de keuken. In dit vertrek drong geen straaltje licht door, want zoals de naam al zegt waren er geen ramen in. Het had slechts een smalle deur. Midden in het vertrek stond een grote kuip waarin de emmers water werden geleegd. Ernaast stond een tinnen kan die gevuld werd met *shi-shi*, waarmee Mama Elena haar haar waste.

Alleen Tita, die tot haar dood voor Mama Elena moest zorgen, mocht bij het ritueel aanwezig zijn en haar moeder naakt zien. Verder niemand. Daarom was dit vertrek afgeschermd voor nieuwsgierige blikken. Tita waste eerst haar moeders lichaam, daarna haar haar en ten slotte liet ze haar even rustig genieten van het water, terwijl ze de kleren streek die Mama Elena zou aantrekken wanneer ze uit het bad kwam.

Op een seintje van haar moeder hielp Tita haar zich af te drogen en zo snel mogelijk de behaaglijk warme kleren aan te trekken, zodat ze geen kou zou vatten. Daarna zette ze de deur een millimeter open, zodat de lucht binnen langzaam afkoelde en het lichaam van Mama Elena niet aan een plotselinge temperatuurswisseling werd blootgesteld. Ondertussen borstelde ze haar moeders haar, slechts bijgelicht door de zwakke lichtstraal die door de kier van de deur scheen, waarbij de grillige vormen van de stoom voor een spookachtige sfeer zorgden. Ze borstelde het haar totdat het helemaal droog was, vlocht het en dat was het einde van de liturgie. Tita was God er dankbaar voor dat haar moeder slechts één keer per week een bad nam, want anders zou haar leven een ware lijdensweg zijn.

Met het bad was het hetzelfde als met het eten: hoe Tita ook haar best deed, volgens Mama Elena deed ze altijd van alles verkeerd. Of er zat een kreukeltje in de blouse of het water was niet warm genoeg of de lijn van de vlecht was scheef, kortom, het was alsof Mama Elena's enige goede eigenschap het vinden van fouten was. Nog nooit had ze er echter zoveel ontdekt als die dag. En inderdaad was Tita nog nooit zo slordig met de regels van de ceremonie omgesprongen. Het water was zo heet dat Mama Elena haar voeten brandde, ze had de shi-shi voor het wassen van het haar vergeten, ze had een schroeivlek op haar moeders onderrok en blouse gemaakt, ze had de deur te ver opengezet, enfin, deze keer had ze het dubbel en dwars verdiend dat Mama Elena haar een standje gaf en haar de badkamer uit stuurde.

Tita haastte zich met de vuile kleren onder haar arm naar de keuken, morrend over de uitbrander van Mama Elena en over haar eigen blunders. Het ergste vond ze nog het extra werk dat het verwijderen van de schroeivlek betekende. Het was de tweede keer in haar leven dat haar zoiets ellendigs overkwam. Nu moest ze de roodbruine vlekken bevochtigen met een oplossing van kaliumcarbonaat met zuiver water en bleekwater, en net zo lang wrijven totdat de vlek verdwenen was. En na dit zware karwei moest ze nog de zwarte kleren van Mama Elena wassen. Daarvoor loste ze koeiengal op in een kleine hoeveelheid kokend water, dompelde hierin een zachte spons en maakte daarmee de kledingstukken nat om ze meteen daarna in schoon water uit te spoelen en in de buitenlucht te laten drogen.

Verwoed waste Tita de kleren, zoals ze zo vaak de luiers van Roberto had gewassen om de vlekken eruit te krijgen. Ze bracht dan een beetje urine aan de kook, liet de vlek daar even in weken en spoelde de luier vervolgens uit met water. Zo verdwenen de vlekken als sneeuw voor de zon. Maar hoe lang ze vandaag de luiers ook in de urine liet staan, die verschrikkelijke zwarte kleur verdween niet. Plotseling besefte ze dat ze niet met Roberto's luiers, maar met de kleren van haar moeder bezig was. Ze had ze keer op keer in de po gedompeld die al sinds die ochtend onafgewassen naast de gootsteen stond en die ze helemaal vergeten was. Zuchtend begon ze haar vergissing te herstellen.

Weer in de keuken probeerde Tita haar aandacht beter bij haar werk te houden. Ze moest al die pijnlijke herinneringen een halt toeroepen, anders zou Mama Elena op een gegeven moment uit haar vel springen van woede.

Het mengsel voor de chorizo stond al te wachten sinds ze het bad van Mama Elena was gaan klaarmaken, lang genoeg om nu de darm te gaan vullen.

Het moet runderdarm zijn, goed schoongemaakt en

gedroogd. Voor het vullen van de darm wordt een trechter gebruikt. Bind de darm steeds om de 7 centimeter stevig af en prik er met een naald gaatjes in zodat de lucht ontsnapt, want anders kan de worst bederven. De vulling moet vooral goed aangedrukt worden, zodat de darm helemaal vol zit.

Hoe Tita ook haar best deed de herinneringen die in haar opkwamen en haar tot fouten aanzetten te weren, toen ze een flink stuk worst in haar handen hield moest ze onwillekeurig denken aan die zomernacht waarin ze allemaal op de patio waren gaan slapen. Hartje zomer, wanneer de hitte ondraaglijk was, hingen ze altijd grote hangmatten op de patio. Op een tafel stond dan een grote aardewerken pot met ijs, waarin een in stukken gesneden watermeloen lag voor als iemand midden in de nacht wakker werd van de warmte en zin in iets fris had. Mama Elena was een expert in het snijden van de meloen: ze nam een scherp mes en zette de punt zo dat alleen de groene schil doorgesneden werd en het hart van de meloen intact bleef.

Ze sneed de schil in exact gelijke delen. Dan nam ze de meloen in haar handen en sloeg er één keer mee op een steen, precies op de juiste plek, zodat de schil van de meloen zich op wonderbaarlijke wijze als de blaadjes van een bloem opende. In het snijden, ontbinden, ontwortelen, ontwrichten, onthechten, ontmoedigen, onthoofden en ontnemen was Mama Elena ongetwijfeld een meester. Na haar dood heeft niemand haar dit staaltje (met de meloen) ooit kunnen nadoen.

Vanuit haar hangmat hoorde Tita iemand opstaan om een stuk meloen te gaan eten. Zijzelf was wakker geworden omdat ze naar de wc moest. Ze had de hele dag door bier gedronken, niet tegen de warmte maar om meer melk te hebben om haar neefje te voeden, die nu vredig bij haar zus lag te slapen. Tita stond op de tast op, ze kon niets zien want het was een pikdonkere nacht. Ze liep naar de wc, terwijl ze zich probeerde te herinneren waar de hangmatten hingen, want ze wilde tegen niemand opbotsen.

Pedro zat in zijn hangmat een stuk meloen te eten en dacht aan Tita. Haar nabijheid wond hem op. Hij kon niet slapen door de gedachte dat zij zo dicht bij hem was... en bij Mama Elena natuurlijk. Toen hij voetstappen in de duisternis hoorde, hield hij even zijn adem in. Dat moest Tita zijn, die eigenaardige geur die zich in de lucht verspreidde, een mengeling van jasmijn en keukenluchtjes, kon alleen van haar afkomstig zijn. Eén ogenblik dacht hij dat Tita was opgestaan om hem te zoeken. Het geluid van haar naderende voetstappen vermengde zich met het geluid van zijn wild kloppend hart. Maar nee, de voetstappen verwijderden zich nu, in de richting van de wc. Pedro kwam als een kat overeind en sloop haar achterna.

Tita schrok toen ze voelde dat iemand haar beetpakte en een hand op haar mond legde, maar ze wist meteen van wie die hand was. Ze verzette zich niet toen de hand eerst langs haar hals naar haar borsten gleed en toen langzaam haar hele lichaam verkende.

Terwijl ze op haar mond gekust werd, leidde Pedro's hand de hare uitnodigend over zijn lichaam. Tita betastte verlegen zijn borst en de harde spieren van zijn armen. Lager, een gloeiende paal die klopte onder zijn kleren. Geschrokken trok ze haar hand terug, niet door deze ontdekking maar omdat ze Mama Elena hoorde roepen.

'Tita, waar ben je?'

'Hier, mammie, ik moest naar de wc.'

Bang dat haar moeder iets zou vermoeden liep ze snel terug. Ze had een afschuwelijke nacht, worstelend tegen het gevoel dat ze moest plassen en nog een ander gevoel dat daar veel op leek. Maar haar offer bleek zinloos: hoewel Mama Elena de laatste tijd een andere mening leek te hebben over haar plan om Pedro en Rosaura naar San Antonio, Texas, te sturen, zette ze de volgende dag vaart achter hun vertrek, en binnen drie dagen waren ze vertrokken.

Tita's herinneringen werden verdreven doordat Mama Elena plotseling de keuken binnenkwam. Tita liet de chorizo uit haar handen vallen. Ze had het gevoel dat haar moeder haar gedachten kon lezen. Even later kwam Chencha snikkend de keuken binnen.

'Houd op met huilen, liefje. Ik vind het verschrikkelijk je te zien huilen. Wat is er aan de hand?'

'Fe-elipe is we-eer terug en hij ze-egt dat-ie de pijp uit is!'

'Wie zeg je? Wie is er dood?'

'Nou, het kind!'

'Welk kind?'

'Nou, welk denk u? Uw kleinkind, alles wat hij at kwam er weer uit en nou is-ie de pijp uit!'

Tita voelde een plank op haar hoofd neerkomen. Na de klap, het geluid van een schaal die aan scherven viel. Als een veer kwam ze weer overeind.

'Aan het werk, jij. En ik wil geen tranen. Arm kind, God hebbe zijn ziel, maar we moeten flink zijn, er is nog een heleboel werk te doen. Dat maak je eerst af en daarna kun je doen wat je wilt, behalve huilen, begrepen?'

Tita voelde hoe een enorme woede bezit van haar nam: ferm weerstond ze haar moeders blik, terwijl ze met haar hand over de chorizo streek. En in plaats van te gehoorzamen, greep ze toen alle worsten die ze kon vinden en sloeg ze luid schreeuwend aan stukken.

'Kijk wat ik met uw bevelen doe! Ik ben het beu! Ik ben het beu u te gehoorzamen!'

Mama Elena kwam naderbij, pakte een houten lepel en sloeg er Tita mee in het gezicht.

'Het is uw schuld dat Roberto dood is!' schreeuwde Tita buiten zichzelf van woede en ze rende de keuken uit, met een zakdoek tegen haar neus tegen het bloeden; ze greep de duif en het potje wormen en ging naar de duiventil.

Mama Elena beval de ladder weg te halen en liet haar daar de hele nacht zitten. Mama Elena en Chencha legden zwijgend de laatste hand aan de chorizo. Perfectionistisch als Mama Elena was, vulde ze de darm altijd heel zorgvuldig zodat er geen lucht in bleef. Daarom was het voor iedereen werkelijk een raadsel dat de worsten nadat ze een week in de kelder hadden gelegen om te drogen, vol wormen bleken te zitten.

De volgende dag stuurde Mama Elena Chencha om Tita naar beneden te halen. Zelf kon ze dat niet doen, want er was maar één ding in het leven waar ze bang voor was en dat was voor grote hoogten. De gedachte alleen al de zeven meter hoge ladder op te moeten klimmen om dan het deurtje naar buiten toe open te maken, was onverdraaglijk. Daarom besloot ze te doen alsof ze te trots was en stuurde ze iemand anders om Tita naar beneden te halen, hoewel ze erg veel zin had zelf naar boven te gaan en Tita aan haar haren de ladder af te slepen.

Chencha vond haar met het duifje in haar handen. Tita leek niet te beseffen dat het dood was. Ze probeerde het nog steeds wormen te voeren. Het arme dier was misschien wel aan overvoeding gestorven, omdat Tita het te veel wormen had gegeven. Tita leek afwezig en keek naar Chencha alsof ze haar voor het eerst in haar leven zag.

Chencha ging weer naar beneden en zei dat Tita gek geworden was en niet uit de duiventil wilde komen.

'Goed, als ze gek geworden is zal ze naar het gekkenhuis moeten. In dit huis is geen plaats voor krankzinnigen!'

En inderdaad liet ze Felipe onmiddellijk dokter Brown halen, die Tita naar het gekkenhuis moest brengen. De dokter kwam, luisterde naar het verhaal van Mama Elena en klom omhoog naar de duiventil.

Hij vond Tita naakt, met een gebroken neus en haar lichaam onder de duivenpoep. Er kleefden een paar veertjes aan haar huid en haren. Zodra ze de dokter zag, rende ze weg en ging opgekruld in een hoekje liggen.

Niemand heeft ooit geweten wat ze dokter Brown in de uren dat hij bij haar was vertelde, maar tegen de avond kwam hij met een aangeklede Tita naar beneden. Hij zette haar in zijn rijtuig en nam haar mee.

Chencha, die huilend naast het rijtuig rende, kon nog net de enorme sprei over Tita's schouders leggen, die ze in al die lange slapeloze nachten had gehaakt. Hij was zo groot en dik dat hij niet in het rijtuig paste en Tita hield hem zo stevig vast dat er niets anders op zat dan de sprei achter het rijtuig aan te laten hangen, als een enorme caleidoscopische sleep van een bruidsjurk, van wel een kilometer lang. Omdat Tita in haar sprei alle wol had verwerkt die ze te pakken had kunnen krijgen, zonder op de kleur te letten, vertoonde de sprei een bonte mengeling van kleuren, materialen en figuren, die op magische wijze te voorschijn kwamen en weer verdwenen in de gigantische stofwolk die het rijtuig opwierp.

Wordt vervolgd...

Volgende recept: SUBSTANTIE OM LUCIFERS TE MAKEN

hoofdstuk 6

Juni

Substantie om lucifers te maken

Ingrediënten:

1 onza salpeter in poedervorm
1/2 onza menie
1/2 onza Arabische gom in poedervorm
1 drachme fosfor
1 libra salpeter
saffraan
karton

BEREIDING:

Los de Arabische gom op in heet water zodat er een niet te dikke massa ontstaat; voeg er dan de fosfor aan toe en los die in de brij op, evenals een onza salpeter. Doe er vervolgens genoeg menie bij om de massa kleur te geven.

Tita keek toe terwijl dokter Brown deze handelingen zwijgend verrichtte.

Ze zat bij het raam van het kleine laboratorium van de dokter, dat zich aan de andere kant van de patio bevond. Het licht dat door het raam naar binnen viel scheen op haar rug en gaf haar een heel klein beetje warmte, zo subtiel dat het nauwelijks merkbaar was. Ze had het chronisch koud en kon maar niet warm worden, ondanks de dikke wollen sprei die ze om zich heen had geslagen. Aan een van de korte zijden ervan haakte ze 's nachts verder, met garen dat John voor haar had gekocht.

Dit vonden ze allebei de prettigste plek van het huis. Tita had hem ontdekt in de week dat ze bij dokter John Brown in huis was gekomen. In plaats van haar naar het gekkenhuis te brengen, zoals Mama Elena hem gevraagd had, had John haar mee naar zijn eigen huis genomen. Tita zou hem daar eeuwig dankbaar voor zijn. Misschien was ze in een gekkenhuis uiteindelijk echt krankzinnig geworden. Hier, met de warmte die John uitstraalde, begon ze zich echter met de dag beter te voelen. Als uit een droom herinnerde ze zich haar aankomst in het huis. Te midden van wazige beelden stond de felle pijn die ze gevoeld had toen de dokter haar neus op zijn plaats zette in haar geheugen gegrift. En Johns grote, liefdevolle handen, die haar uitkleedden en in het bad stopten. Daarna hadden ze voorzichtig de duivenpoep van haar hele lichaam verwijderd, tot het weer schoon was en lekker rook. Tot slot hadden ze haar haren zachtjes gekamd en haar in een bed met gesteven lakens gelegd.

Die handen hadden haar uit de hel verlost en dat zou ze nooit vergeten. Ooit, als ze weer zin had om te praten, zou ze dat graag tegen John zeggen, maar voorlopig zweeg ze liever. Ze moest een heleboel dingen voor zichzelf rechtzetten en kon niet in woorden uitdrukken wat er sinds ze de haciënda had verlaten in haar binnenste broeide. Ze voelde zich erg verward. De eerste dagen wilde ze zelfs niet van haar kamer komen. De maaltijden werden haar daar gebracht door Caty, een Amerikaanse vrouw van zeventig, die kookte en daarnaast de taak had om voor Alex, het zoontje van de dokter, te zorgen. Zijn moeder was bij de geboorte gestorven. Tita hoorde Alex lachen en op de patio heen en weer dribbelen, maar ze had geen zin kennis met hem te maken.

Soms liet ze het eten onaangeroerd staan. Ze vond het smakeloos en niet lekker. In plaats van te eten zat ze liever urenlang naar haar handen te kijken. Als een baby bestudeerde ze ze en ze begreep dat ze van haar waren. Ze kon ze laten bewegen zoals ze maar wilde, maar behalve haken wist ze nog niet wat ze ermee zou doen. Ze had nooit de tijd gehad om over dit soort dingen na te denken. Bij haar moeder stond doodeenvoudig vast wat ze met haar handen moest doen, daar bestond geen onduidelijkheid over. Ze moest opstaan, zich aankleden, de kachel aanmaken, het ontbijt klaarmaken, de dieren voederen, afwassen, de bedden opmaken, het middageten koken, afwassen, strijken, het avondeten koken, afwassen, dag in dag uit, jaar in jaar uit. Zonder een moment van rust, zonder erover na te denken of haar handen daar wel voor gemaakt waren. Nu ze verlost was van haar moeders bevelen, wist ze niet wat ze ze zou laten doen. Dat had ze nog nooit zelf bepaald. Ze konden van alles doen of van alles worden. Als ze toch eens in vogels konden veranderen en konden opvliegen! Wat zou het heerlijk zijn als ze haar ver weg brachten, zo ver als maar kon. Terwijl ze naar het raam liep dat uitkeek op de patio, hief ze haar handen naar de hemel. Ze wilde wegvluchten van zichzelf, ze wilde geen beslissingen hoeven nemen, ze wilde niet meer praten. Ze wilde haar pijn niet met woorden uitschreeuwen.

Met heel haar hart hoopte ze dat haar handen zouden opstijgen. Zo stond ze lange tijd naar haar roerloze handen tegen de achtergrond van een blauwe hemel te kijken. Toen ze zag dat haar vingers vervaagden in een ijle damp die naar de hemel opsteeg, dacht Tita dat het wonder zich werkelijk aan het voltrekken was. Ze stond klaar om door een hogere macht omhooggetrokken te worden, maar er gebeurde niets. Teleurgesteld kwam ze tot de ontdekking dat de rook niet uit haar vingers kwam.

De rook kwam uit een klein vertrek aan de andere kant van de patio. De wolk verspreidde zo'n heerlijke en tegelijkertijd vertrouwde geur dat ze het raam opendeed om hem op te kunnen snuiven. Met gesloten ogen zag ze zichzelf naast Nacha op de keukenvloer zitten terwijl ze maïstortilla's aan het maken waren: ze zag de pan waarin een geurige stoofschotel pruttelde, daarnaast een pan met bonen die net begonnen te koken... zonder een moment te aarzelen besloot ze te gaan onderzoeken wie er aan het koken was. Caty kon het niet zijn. Iemand die zo'n geur wist voort te brengen kon beslist koken. Ook al had Tita de persoon in kwestie niet gezien, ze voelde dat ze zich in haar zou herkennen, wie ze ook was.

Ze stak vastberaden de patio over, deed de deur open en zag een aardig uitziende vrouw van een jaar of tachtig, die heel erg op Nacha leek. Haar gezicht had duidelijk indiaanse trekken en haar haar droeg ze in een lange vlecht om haar hoofd gewikkeld. Ze was thee in een aardewerken steelpan aan het maken en wiste met haar schort het zweet van haar voorhoofd.

Ze keek op, glimlachte vriendelijk en nodigde Tita uit

bij haar te komen zitten. Toen Tita dat gedaan had, bood ze haar een kop van die heerlijke thee aan.

Tita dronk er langzaam van, intens genietend van de smaak van de onbekende en tegelijkertijd toch ook bekende kruiden. Wat een prettig gevoel gaven de warmte en de smaak van de kruidenthee haar!

Ze bleef een hele tijd bij de vrouw zitten. Ook die praatte niet, maar dat was niet erg; vanaf het eerste moment bestond er tussen hen een communicatie die verder reikte dan woorden.

Sindsdien had Tita haar iedere dag opgezocht. Maar steeds vaker was dokter Brown in plaats van de vrouw verschenen. De eerste keer dat dat gebeurde was ze verbaasd geweest. Ze had niet verwacht hem daar tegen te komen en was ook verrast over de veranderingen die hij in het vertrek had aangebracht.

Er stonden nu een heleboel wetenschappelijke apparaten, reageerbuizen, lampen, thermometers, enzovoort... De kleine kachel had zijn dominante plaats verloren en nam nu een klein plekje in een hoek van de kamer in. Ze vond deze verbanning niet terecht, maar aangezien ze niet wilde dat er een geluid over haar lippen kwam, bewaarde ze haar mening hierover voor later, evenals de vraag over de verblijfplaats en de identiteit van de vrouw. Bovendien moest ze bekennen dat ze ook enorm genoot van het gezelschap van John. Het enige verschil was dat hij wel praatte en dat hij in plaats van te koken bezig was met proeven om zijn theorieën wetenschappelijk te toetsen.

Deze liefde voor experimenteren had hij van zijn grootmoeder geërfd, een Kikapú-indiaanse, die door zijn grootvader was ontvoerd om bij hem te wonen, ver van haar stam. Ook al was hij met haar getrouwd, de trotse en zuiver Amerikaanse familie van Johns grootvader had haar nooit als zijn wettige echtgenote geaccepteerd. Daarom had zijn grootvader deze kamer achter op de patio voor haar gebouwd. Hier kon zijn grootmoeder het grootste deel van de dag doorbrengen met wat haar het meest interesseerde: het onderzoeken van de geneeskrachtige eigenschappen van planten.

Tegelijkertijd diende deze kamer voor haar als toevluchtsoord voor de vijandigheid van zijn familie. Een van de eerste beledigingen die ze te verduren kreeg was dat ze haar de bijnaam La Kikapú – Ochtendgloren – gaven, in plaats van haar bij haar ware naam te noemen, denkend dat ze haar hiermee enorm zouden kwetsen. Voor de Browns hield het woord Kikapú het meest onaangename van deze wereld in. Maar voor Ochtendgloren lag dat anders, voor haar betekende het het tegenovergestelde; ze was juist enorm trots op die naam.

Dit was maar een klein voorbeeld van het grote verschil in opvattingen en meningen dat er tussen deze vertegenwoordigers van twee zo verschillende culturen bestond. De Browns toonden geen enkele belangstelling voor de gewoonten en tradities van 'Ochtendgloren'. Er zouden jaren voorbijgaan eer ze zich enigszins gingen verdiepen in de cultuur van 'la Kikapú'. Dat was toen de overgrootvader van John, Peter, een ernstige ziekte aan zijn bronchiën kreeg. Hij liep voortdurend paars aan door hoestaanvallen. De lucht kon niet vrij in zijn longen stromen. Zijn vrouw Mary, die als dochter van een arts enige kennis van de geneeskunde bezat, wist dat in dergelijke gevallen het lichaam van de zieke een te grote hoeveelheid rode bloedlichaampjes aanmaakte; om te voorkomen dat een overmaat van deze bloedlichaampjes een hartaanval of trombose zou veroorzaken, wat in beide gevallen dodelijk voor de zieke zou kunnen zijn, was een aderlating aan te bevelen.

Johns overgrootmoeder Mary begon dus de bloedzuigers waarmee ze haar echtgenoot wilde aderlaten gereed te maken. Terwijl ze daarmee bezig was gloeide ze van trots dat ze op de hoogte was van de laatste wetenschappelijke ontwikkelingen en daardoor op moderne, doelmatige wijze over de gezondheid van haar familie kon waken, en niet met kruiden, zoals La Kikapú!

Zet de bloedzuigers gedurende een uur in een glas met een bodempje water. Was het betreffende lichaamsdeel met lauw suikerwater en bewaar de bloedzuigers ondertussen in een schone doek. Plaats ze vervolgens op het lichaamsdeel waaraan ze zich moeten vastzuigen, waarbij ze met de doek stevig aangedrukt moeten worden zodat ze niet naar een andere plek kunnen. Als er nadat de bloedzuigers verwijderd zijn nog meer bloed afgevoerd moet worden, dien je de plek met warm water in te wrijven. Om het bloeden te stoppen en de wondjes te sluiten dien je schors van populieren of een lap op de wond te doen en daarna een pap van broodkruimels en melk. Verwijder deze pas als de wondjes volledig geheeld zijn.

Mary volgde de voorschriften nauwkeurig op, maar toen ze de bloedzuigers van Peters arm afhaalde begon deze hevig te bloeden en de bloeding was niet meer te stelpen. Toen La Kikapú de wanhopige kreten uit het huis hoorde, rende ze ernaartoe om te zien wat er aan de hand was. Zodra ze naast de zieke stond en haar hand op de wondjes had gelegd, stopte het bloeden. Iedereen was stomverbaasd. Ze vroeg of ze haar alsjeblieft met de zieke alleen wilden laten. Na wat ze net hadden gezien durfde niemand dat te weigeren. Ze bracht de hele avond aan de zijde van haar schoonvader door. Te midden van dampen van wierook en kopal die ze had aangestoken, zong ze vreemde liedjes voor hem en legden hem pappen van kruiden op. Pas diep in de nacht deed ze de deur van de slaapkamer open en kwam omringd door wierookwolken naar buiten. Achter haar verscheen Peter, volledig hersteld.

Vanaf die dag was La Kikapú de arts van de familie. Ze werd in de gehele Noord-Amerikaanse gemeenschap als wondergenezer erkend. Johns grootvader wilde een grotere ruimte voor haar bouwen om onderzoek te doen, maar dat wilde ze niet. Er was voor haar in het hele huis geen betere plek dan haar kleine laboratorium. John had er het grootste deel van zijn jeugd doorgebracht. Toen hij op de universiteit zat kwam hij er niet vaak meer, want de moderne medische theorieën die ze hem daar leerden stonden lijnrecht tegenover die van zijn grootmoeder en alles wat hij van haar had geleerd. Naarmate de medische wetenschap zich verder ontwikkelde, greep John steeds meer terug op de kennis die zijn grootmoeder hem in het begin had gegeven. En nu, na jarenlang gewerkt en gestudeerd te hebben, was hij teruggekeerd naar het laboratorium in de overtuiging dat hij slechts daar het laatste woord in de medische wetenschap zou kunnen vinden. Als hij erin slaagde de wonderbaarlijke genezingen van Ochtendgloren wetenschappelijk te bewijzen, zouden deze misschien zelfs gemeengoed worden.

Tita genoot ervan hem bezig te zien. Bij hem vielen er altijd dingen te leren en te ontdekken, zoals ook nu weer, nu hij lucifers aan het maken was en haar onderwijl een heel college over de eigenschappen van fosfor gaf.

'In 1669 ontdekte Brandt, een chemicus uit Hamburg, terwijl hij de steen der wijzen aan het zoeken was het fosfor. Hij dacht dat hij door het concentraat van urine met een metaal te verbinden, dit metaal in goud zou kunnen veranderen. Het resultaat van zijn proeven was een vaste stof die uit zichzelf licht gaf met een tot dan toe ongekend felle glans. Lange tijd verkreeg men fosfor door de stof die overblijft na het indampen van urine te calcineren in een stenen retort waarvan de hals in water is gedompeld. Tegenwoordig haalt men het uit botten van dieren, die fosforigzuur en kalk bevatten.'

Het praten hield de dokter geenszins van het maken van de lucifers af. Hij had er geen enkele moeite mee geestelijke en fysieke arbeid te combineren. Hij kon zelfs over heel diepzinnige onderwerpen praten zonder dat zijn handen fouten maakten of pauzeerden. Dus terwijl hij tegen Tita zat te praten, ging hij rustig door met het vervaardigen van de lucifers.

'Als je de stof voor de koppen eenmaal klaar hebt, is de volgende stap het prepareren van het karton voor de lucifers. In een halve liter water los je een libra salpeter op en je voegt een beetje saffraan toe om de vloeistof kleur te geven. In deze oplossing dompel je het karton. Wanneer het is opgedroogd, knip je het in reepjes en op de punten daarvan doe je een beetje van de substantie. Dan leg je ze onder zand te drogen.'

Terwijl de reepjes lagen te drogen, liet de dokter Tita een proef zien.

'Hoewel fosfor bij een gewone temperatuur niet aan de lucht ontbrandt, reageert het explosief bij een verhoogde temperatuur, kijk maar...'

De dokter deed een stukje fosfor onder in een reageerbuis die aan een kant dicht was en vol kwik zat. Door de buis bij de vlam van een kaars te houden liet hij de fosfor smelten. Vervolgens liet hij zuurstof uit een kleine glazen bol naar de reageerbuis lopen. Zodra de zuurstof in het bovenste gedeelte van de buis kwam, waar de gesmolten fosfor zich bevond, deed zich onmiddellijk een felle verbranding voor, die hen als een bliksemstraal verblindde.

'Nu is het zo dat wij allemaal in ons binnenste de elementen hebben die nodig zijn om fosfor te produceren. En dat niet alleen, laat mij je iets vertellen wat ik nog nooit aan iemand heb verteld. Mijn grootmoeder had een heel interessante theorie. Zij beweerde dat wij allemaal weliswaar met een doosje met lucifers in ons binnenste geboren worden, maar dat we deze niet zelf kunnen aansteken. Wij hebben daarvoor, net als in de proef, zuurstof en een kaars nodig. Maar in ons geval moet de zuurstof afkomstig zijn van bijvoorbeeld de adem van een geliefde; als kaars kan ieder soort voedsel, muziek, liefkozing, woord of geluid dienen dat de springstof tot ontploffing brengt en zodoende een van de lucifers aansteekt. Heel even zullen we verblind worden door een overweldigende emotie. In ons binnenste zal zich een aangename warmte verspreiden, die in de loop van de tijd langzaam afneemt, totdat een volgende explosie haar opnieuw opwekt. Ieder mens moet zien uit te vinden wat zijn springstoffen om te kunnen leven zijn, want door de verbranding die optreedt als er een lucifer wordt aangestoken, wordt de ziel van energie voorzien. Met andere woorden, deze verbranding is de voeding van de ziel. Als iemand niet op tijd ontdekt wat zijn springstoffen zijn, wordt het doosje lucifers vochtig en zullen we nooit meer een lucifer kunnen afstrijken.

In dat geval vlucht de ziel uit ons lichaam. Hij dwaalt door dichte nevelen in een ijdele poging zelf voedsel te vinden, niet wetend dat alleen het lichaam dat hij levenloos en koud heeft achtergelaten hem dat kan geven.'

Hoe waar waren deze woorden! Als iemand dat kon weten was zij het wel. Helaas moest ze bekennen dat haar lucifers beschimmeld en vochtig waren. Niemand zou er meer een kunnen afstrijken.

Het treurigste was dat zij wel wist wat haar springstoffen waren, maar dat telkens wanneer het haar gelukt was een lucifer aan te steken deze onherroepelijk weer was uitgegaan.

Alsof hij haar gedachten kon lezen, zei John: 'Daarom moet men uit de buurt van mensen met een koude adem blijven. Hun aanwezigheid alleen al kan het felste vuur doven, met alle gevolgen van dien. Hoe meer afstand we van deze mensen nemen, des te makkelijker zal het zijn ons tegen hun ademtocht te beschermen.' Terwijl hij Tita's handen in de zijne nam, voegde hij er simpel aan toe: 'Er zijn een heleboel manieren om een vochtig doosje lucifers te laten drogen, maar één ding is zeker: het kan.'

Er rolden een paar tranen over haar gezicht. Liefdevol veegde John ze met zijn zakdoek weg.

'Natuurlijk moet men er wel op letten dat de lucifers een voor een worden afgestreken. Want als ze door een heel sterke emotie allemaal in één klap worden aangestoken, brengen ze een gloed voort die zo fel is dat hij meer verlicht dan wat we gewoonlijk kunnen zien. Dan verschijnt er voor onze ogen een verblindende tunnel die ons terugroept en de weg wijst naar onze goddelijke oorsprong, die we op het moment dat we geboren worden vergeten. De ziel wil weer terugkeren naar de plek waar hij vandaan komt en het lichaam levenloos achterlaten... Sinds de dood van mijn grootmoeder heb ik geprobeerd deze theorie wetenschappelijk te bewijzen. Misschien zal het me ooit lukken. Wat denk je?'

Dokter Brown zweeg om Tita de tijd te geven om als ze dat wilde iets te zeggen. Maar ze zweeg als het graf.

'Kom, ik zal je niet langer met mijn geklets vervelen. We gaan slapen. Maar eerst wil ik je nog een spelletje leren dat mijn grootmoeder en ik vaak deden. Hier, in dit laboratorium, brachten we het grootste deel van de dag door en spelenderwijs droeg ze haar kennis aan me over.

Ze was een heel stille vrouw, net als jij. Ze ging altijd bij deze kachel zitten, met haar dikke vlecht om haar hoofd gewonden, en raadde dan wat ik dacht. Ik wilde dat ook leren, zodat ze me na veel aandringen mijn eerste les gaf. Zonder dat ik het kon zien schreef ze met een of ander goedje een onzichtbare zin op de muur. Ik keek dan 's avonds naar de muur en raadde wat zij had geschreven. Zullen we het een keer proberen?'

Door deze informatie begreep Tita dat de vrouw met wie ze zo vaak samen was geweest de overleden grootmoeder van John was. Dat hoefde ze niet meer te vragen.

De dokter pakte met een doek een stukje fosfor en gaf het aan Tita.

'Ik wil de zwijgplicht die jij jezelf hebt opgelegd niet verbreken, dus ga ik je nu, als een geheimpje tussen ons tweeën, vragen om zodra ik weg ben de reden waarom je niet praat voor mij op deze muur te schrijven. Goed? Morgen zal ik die in jouw bijzijn raden.'

De dokter zei er natuurlijk niet bij dat een van de eigenschappen van fosfor was dat het alles wat zij op de muur had geschreven 's nachts zou laten oplichten. Hij had deze truc uiteraard niet nodig om erachter te komen wat zij dacht, maar hij meende dat dit een goed begin voor Tita zou zijn om weer bewust contact met de wereld te leggen, al was het dan schriftelijk. John zag dat ze daar rijp voor was. Zodra de dokter weg was, pakte Tita het stukje fosfor en liep naar de muur.

Toen John Brown 's nachts het laboratorium binnenging, glimlachte hij tevreden. Op de muur stond in vaste, fosforescerende letters: 'Omdat ik niet wil'. Met die vier woorden had Tita de eerste stap op weg naar de vrijheid gezet.

Ondertussen moest Tita, met haar ogen strak op het plafond gericht, steeds maar aan de woorden van John denken: zou haar ziel ooit weer in beroering gebracht kunnen worden? Ze hoopte met heel haar hart dat hij gelijk had.

Ze moest iemand zien te vinden die de lucifers wist aan te steken. En als diegene John zou zijn? Ze dacht aan het prettige gevoel dat door haar lichaam was gegaan toen hij in het laboratorium haar hand had gepakt. Nee, ze wist het niet. Het enige dat ze wist was dat ze niet naar de haciënda terug wilde. Ze wilde nooit meer in de nabijheid van Mama Elena leven.

Wordt vervolgd...

Volgende recept: OSSENSTAARTSOEP

hoofdstuk 7

Juli

Ossenstaartsoep

Ingrediënten:

2 ossenstaarten
1 ui
2 knoflookteenen
4 tomaten
1/4 kilo sperziebonen
2 aardappelen
4 morita chili's

BEREIDING:

Breng de in stukken gehakte staarten met een stuk ui, een teen knoflook en zout en peper naar smaak aan de kook. Gebruik wat meer water dan voor een stoofschotel, we gaan immers soep maken. Een goede, respectabele soep moet dun maar toch niet waterig zijn.

Soep kan elke lichamelijke of geestelijke kwaal genezen, dat dachten Chencha en Tita althans. Lange tijd had Tita daar niet echt veel geloof aan gehecht, maar nu moest ze wel toegeven dat het inderdaad zo was.

Drie maanden geleden, toen ze een lepel had genomen van de soep die Chencha had gemaakt en naar het huis van dokter Brown had gebracht, had Tita haar verstand teruggekregen.

Ze zat tegen het raam geleund naar Alex, Johns zoon, te kijken, die op de patio achter een paar duiven aan rende, toen ze de voetstappen van John de trap op hoorde komen. Vol verlangen keek ze uit naar zijn dagelijkse bezoekje. Johns woorden waren het enige dat haar nog met de buitenwereld verbond. Kon ze maar spreken en hem zeggen hoe belangrijk zijn aanwezigheid en zijn gepraat voor haar waren. Kon ze maar naar beneden gaan en Alex kussen als een eigen kind, dat ze niet had, en eindeloos met hem spelen, kon ze zich maar herinneren hoe je eten moest klaarmaken, al was het maar een gebakken ei, kon ze maar... naar het leven terugkeren. Plotseling werd ze door een geur uit haar overpeinzingen gehaald. Het was een geur die ze nog nooit in het huis had geroken. De deur ging open en daar verscheen John, met in zijn handen een dienblad waarop een bord ossenstaartsoep stond!

Ossenstaartsoep! Ze kon het niet geloven. Na John kwam Chencha de kamer binnen, badend in tranen. Ze omhelsden elkaar kort, om de soep niet koud te laten worden. Toen ze de eerste hap nam kwam Nacha ineens naast haar zitten. Terwijl Tita zat te eten aaide Nacha haar over haar hoofd, zoals ze had gedaan wanneer Tita als kind ziek was, en gaf haar kusjes op haar voorhoofd. En ook waren daar weer de speeltjes uit haar kindertijd bij Nacha in de keuken, de uitstapjes naar de markt, de pas gebakken tortilla's, de gekleurde abrikozenpitten, de kerstbroodjes, hun huis, de geur van gekookte melk, van broodpudding, van warme chocolade, van komijn, van knoflook, van ui. En zoals altijd als ze de geur van uien rook, welden er tranen in haar ogen op. Ze huilde zoals ze sinds haar geboorte niet meer had gedaan. Wat deed het haar goed even met Nacha te praten. Net als vroeger, toen Nacha nog leefde en ze samen ontelbare malen ossenstaartsoep hadden gemaakt. Ze lachten bij de herinnering aan deze momenten en huilden bij de gedachte aan de verschillende stappen die ze bij dit recept moesten volgen. Eindelijk kon ze zich nu een recept herinneren, nu ze de eerste stap, het snipperen van de ui, weer wist.

Snijd de rest van de ui en de andere knoflookteen fijn en bak deze samen in een beetje olie; voeg als de ui glazig is de schoongemaakte morita chili's en de aardappelen, sperziebonen en fijngesneden tomaten toe en laat de groenten gaar worden.

John onderbrak haar gedachten door de kamer binnen te stormen, gealarmeerd door het water dat van de trap af stroomde.

Toen hij zag dat het de tranen van Tita waren, zegende hij Chencha met haar soep, omdat zij iets voor elkaar had gekregen wat hij met geen van zijn medicijnen had weten te bereiken: dat Tita op die manier huilde. Beschaamd om zijn plotselinge binnenkomst wilde hij weer weggaan, maar de stem van Tita hield hem tegen. Die melodieuze stem, die zes maanden lang geen woord had gesproken.

'John, ga alsjeblieft niet weg.'

John bleef bij haar en zag hoe Tita's tranen plaats maakten voor gelach bij het horen van de roddels en sterke verhalen die Chencha vertelde. Zo kwam de dokter te weten dat Mama Elena iedereen verboden had Tita op te zoeken. In de familie De la Garza kon men een aantal dingen door de vingers zien, maar nooit ongehoorzaamheid of kritiek op het gedrag van de ouders. Mama Elena zou Tita nooit vergeven dat ze, gek of niet gek, haar de schuld had gegeven van de dood van haar kleinzoon. En net als die van Gertrudis mocht ook haar naam nooit meer uitgesproken worden. Nicolás was trouwens kortgeleden teruggekeerd met nieuws over Gertrudis.

Ze bleek inderdaad in een bordeel te werken. Hij had haar de kleren overhandigd en zij had hem een brief voor Tita meegegeven. Chencha gaf haar de brief en Tita las in stilte:

Lieve Tita,

Je weet niet hoe dankbaar ik je ben dat je me mijn kleren hebt gestuurd. Gelukkig was ik nog hier om ze aan te nemen. Morgen ga ik weg, want ik hoor hier niet thuis. Ik weet dat er ergens een goede plek voor mij is, ook al weet ik nog niet waar. Dat ik hier terecht ben gekomen komt doordat ik van binnen verteerd werd door een sterk vuur; de man die me heeft meegenomen, heeft praktisch mijn leven gered. Ik hoop dat ik hem ooit terugvind. Hij heeft me verlaten omdat zijn krachten het bijna begaven, zonder dat hij het vuur in mij had kunnen doven. Nu ik eindeloos veel mannen heb ontvangen, voel ik me opgelucht. Misschien kom ik ooit weer naar huis en dan zal ik je alles vertellen.

Veel liefs van je zusje Gertrudis

Zonder iets te zeggen stopte Tita de brief in de zak van haar jurk. Het feit dat Chencha niet vroeg wat er in de brief stond, bewees dat ze hem van a tot z gelezen had.

Later dweilden Tita, Chencha en John samen de slaapkamer en de trap en de benedenverdieping.

Bij het afscheid deelde Tita Chencha haar besluit mee om nooit meer naar de haciënda terug te keren en vroeg haar dat tegen haar moeder te zeggen. Terwijl Chencha zonder het te beseffen voor de zoveelste keer de brug van Eagle Pass naar Piedras Negras overstak, dacht ze na over hoe ze het nieuws het best aan Mama Elena kon vertellen. De grenswachters van beide landen lieten haar begaan, want ze kenden haar al vanaf toen ze nog een kind was. Bovendien was het heel grappig om haar steeds heen en terug te zien lopen, in zichzelf pratend en in haar sjaal bijtend. Ze merkte dat de angst haar vindingrijkheid verlamde.

Elk verhaal dat ze zou opdissen zou Mama Elena woedend maken. Ze moest iets verzinnen waardoor zijzelf er in ieder geval goed van afkwam. Ze moest dus een smoes bedenken om haar bezoek aan Tita te verklaren. Mama Elena zou geen enkel verhaal geloven, die kende haar maar al te goed. Chencha benijdde Tita omdat ze de moed had nooit meer naar de haciënda terug te keren. Kon zij maar hetzelfde doen, maar dat durfde ze niet. Van jongs af had ze moeten horen hoe slecht het afloopt met vrouwen die hun ouders of bazen niet gehoorzamen en ervandoor gaan. Ze eindigen in de smerige goot van het lichtzinnige leven. Nerveus wrong ze haar sjaal uit om er een van haar beste leugens voor deze gelegenheid uit te persen. De sjaal had haar nog nooit in de steek gelaten. Bij de honderdste draai vond ze altijd de geschikte smoes.

Voor haar was liegen een manier van overleven, die ze zich sinds haar komst op de haciënda had eigen gemaakt. Het was veel beter om te zeggen dat pater Ignacio haar had opgedragen geld in te zamelen dan eerlijk te vertellen dat ze veel te laat was omdat ze op de markt had staan kletsen. De straf was in beide gevallen volkomen anders.

Kortom, iets kon waar of niet waar zijn, afhankelijk van of je er zelf in geloofde of niet. Alles wat ze zich bijvoorbeeld over het lot van Tita had voorgesteld, bleek onwaar te zijn.

Al die maanden had ze zich ellendig gevoeld als ze dacht aan de verschrikkelijke dingen die Tita buiten de keuken van hun huis moest doorstaan. Omringd door gekken die obsceniteiten schreeuwden, vastgebonden in een dwangbuis, terwijl ze de meest afschuwelijke dingen moest eten. Ze had geprobeerd zich het eten in een gringo-gekkenhuis voor te stellen en was tot de conclusie gekomen dat het het smerigste van de hele wereld was. Maar eigenlijk vond ze dat Tita er niet slecht aan toe was. Ze had nooit een voet in een gekkenhuis gezet, je kon zien dat ze in het huis van de dokter meer dan goed behandeld werd en zo slecht kon het eten niet geweest zijn, want ze was zelfs een paar kilootjes aangekomen. Maar hoeveel ze ook had gegeten, nooit hadden ze haar zoiets als ossenstaartsoep gegeven. Dat wist ze wel zeker. Waarom had ze anders bij het eten ervan zo gehuild?

Arme Tita, nu ze haar alleen had gelaten zat ze vast weer te huilen, gekweld door herinneringen en door de gedachte dat ze nooit meer samen met Chencha zou koken. Ja, ze leed vast heel erg.

Chencha had zich nooit kunnen voorstellen hoe het op dat moment werkelijk met Tita gesteld was: beeldschoon, in een glanzende satijnen jurk met kant, zat ze in het maanlicht te dineren met een man die haar zijn liefde verklaarde. Dat zou voor de dramatische, overspannen geest van Chencha te veel geweest zijn. Tita zat bij een groot vuur van hibiscustakken. Naast haar vroeg John Brown haar ten huwelijk. Tita was op zijn verzoek met hem meegegaan naar een maanfeest op een nabijgelegen haciënda, om te vieren dat ze weer beter was. John had haar een prachtige jurk gegeven, die hij al tijden geleden in San Antonio, Texas, voor dit moment had gekocht. De glanzende stof deed haar denken aan de nekveertjes van duiven, maar nu zonder de pijnlijke associatie met die dag lang geleden toen ze de duiventil in was gevlucht. Ze was echt helemaal genezen en bereid een nieuw leven met John te beginnen. Een tedere kus op de mond bezegelde hun verbintenis. Tita voelde niet hetzelfde als toen Pedro haar gekust had, maar ze hoopte dat haar hart, dat zo lang verdoofd was geweest, door de nabijheid van deze fantastische man langzaam aan weer tot leven zou komen.

Eindelijk, nadat ze drie uur had gelopen, had Chencha de oplossing! Zoals altijd had ze uiteindelijk de geschikte leugen gevonden. Ze zou Mama Elena vertellen dat ze in Eagle Pass op de hoek van een straat een bedelares in vuile, gehavende kleren had zien zitten. Uit medelijden was ze naar haar toe gegaan om haar tien cent te geven en toen had ze tot haar ontsteltenis ontdekt dat het Tita was. Ze was uit het gekkenhuis ontsnapt en zwierf door de wereld om boete te doen voor het feit dat ze haar moeder had beledigd. Chencha had haar gevraagd mee naar huis te komen, maar Tita had geweigerd. Ze was het niet waard opnieuw bij zo'n edele moeder te wonen en had haar gevraagd om alsjeblieft tegen Mama Elena te zeggen dat ze veel van haar hield en dat ze nooit zou vergeten wat ze voor haar had gedaan. Ze beloofde dat ze zodra ze weer een eerzame vrouw was naar haar moeder zou terugkeren om haar alle liefde en respect te geven die ze verdiende.

Chencha dacht dat ze met loftuitingen overstelpt zou worden, maar helaas liep het anders. Toen ze die avond thuiskwam werd de haciënda aangevallen door een troep bandieten. Chencha werd verkracht en Mama Elena, die probeerde haar eer te verdedigen, kreeg een harde klap tegen haar rug, waardoor haar onderlichaam vanaf haar middel verlamd raakte. In deze omstandigheden was zij niet in de stemming om een dergelijk bericht te horen, en Chencha niet om het te vertellen.

Het was trouwens maar goed dat ze niets gezegd had, want toen Tita van het ongeluk hoorde, kwam ze naar de haciënda terug; ze straalde zoveel schoonheid en energie uit dat Chencha met haar leugen zeker door de mand gevallen zou zijn. Mama Elena ontving Tita zwijgend. Voor het eerst doorstond Tita ferm haar moeders blik en wendde Mama Elena de hare af. Er was een vreemd licht in Tita's ogen.

Mama Elena kende haar dochter niet meer terug. Ze maakten elkaar stilzwijgend verwijten en dat doorbrak onherstelbaar de hiërarchie en de sterke band des bloeds die hen tot dan toe hadden verbonden. Tita wist heel goed dat haar moeder zich diep vernederd voelde omdat ze haar opnieuw in huis moest opnemen en bovendien voor haar herstel afhankelijk was van Tita's hulp. Daarom deed Tita haar uiterste best zo goed mogelijk voor haar te zorgen. Ze besteedde veel zorg aan het eten voor haar moeder en vooral aan de ossenstaartsoep, met de oprechte bedoeling dat haar moeder daardoor net als zij weer helemaal beter zou worden.

Ze deed het groentemengsel over in de pan met de ossenstaarten.

Laat alles dan nog een half uur zachtjes koken, neem de pan van het vuur en serveer de soep gloeiend heet.

Tita deed de soep in een kom en bracht hem naar boven op een zilveren dienblad met een prachtig opengewerkt, volmaakt gebleekt en gesteven servet.

Met spanning wachtte ze op een complimentje van haar moeder toen deze de eerste hap nam, maar Mama Elena spuugde de soep op de sprei en schreeuwde tegen Tita dat ze het blad onmiddellijk moest wegnemen.

'Maar waarom?'

'Omdat de soep walgelijk bitter is. Ik wil hem niet. Neem hem mee, hoor je me?'

In plaats van te gehoorzamen draaide Tita zich om, zodat haar moeder niet zou zien hoe teleurgesteld ze was. Ze begreep niet waarom Mama Elena zo deed. Ze had haar nooit begrepen. Het ging haar verstand te boven dat iemand zomaar, op zo'n botte manier een attentie van een ander, of die nu familie was of niet, kon afwijzen. Ze wist immers zeker dat de soep verrukkelijk was. Ze had hem zelf geproefd voordat ze hem naar boven had gebracht. Hij moest wel lekker zijn, want ze had veel zorg besteed aan de bereiding ervan.

Ze voelde zich echt een idioot dat ze naar de haciënda was teruggekomen om voor haar moeder te zorgen. Ze had beter bij John kunnen blijven, zonder zich het lot van Mama Elena aan te trekken. Maar haar geweten zou haar niet met rust hebben gelaten. Slechts de dood zou haar werkelijk van haar moeder kunnen bevrijden, en Mama

Elena leek voorlopig niet van plan om dood te gaan.

Ze had zin om weg te rennen, ver weg, om het vuurtje binnen in haar, dat John met zoveel moeite had weten aan te steken, tegen de ijskoude aanwezigheid van haar moeder te beschermen. Het was alsof de fluim van Mama Elena precies midden op de beginnende vlam terecht was gekomen en deze had gedoofd. Ze voelde heel duidelijk dat de vlam was uitgegaan; de rook kringelde via haar keel naar buiten en vormde een dikke wolk, die haar het gezicht vertroebelde en de tranen in de ogen deed springen.

Ze rukte de deur open en begon te rennen, juist op het moment dat John eraan kwam voor een visite. Ze botsten keihard tegen elkaar op. Tita viel bijna, maar John ving haar nog net op tijd op in zijn armen. Zijn warme omhelzing redde haar van de bevriezing. Ze stonden niet meer dan een paar seconden tegen elkaar aan, maar lang genoeg om Tita's hart te verwarmen. Terwijl Tita er juist aan was gaan twijfelen of het gevoel van vrede en veiligheid dat John haar gaf wel de ware liefde was, en niet het verlangen en de pijn die ze bij Pedro voelde. Met veel moeite maakte ze zich van John los en liep de kamer uit.

'Tita, kom hier! Ik heb je gezegd dit mee te nemen!'

'Doña Elena, windt u zich niet op, alstublieft. Dat is niet goed voor u. Ik zal het blad weghalen, maar vertel me eens, heeft u helemaal geen trek?'

Mama Elena vroeg de dokter de deur op slot te doen en alsof het een geheim betrof vertrouwde ze hem toe dat ze ongerust was over de bittere smaak van het eten. John antwoordde dat dit misschien kwam door de medicijnen die ze nam.

'Geen sprake van, dokter, als het van de medicijnen

kwam zou ik die smaak in mijn mond altijd hebben en dat is niet zo. Er zit iets in het eten. Merkwaardig genoeg is dat zo sinds Tita terug is. U moet dat voor me uitzoeken.'

Glimlachend om deze verdachtmaking kwam John dichterbij om de ossenstaartsoep te proeven, die nog onaangeroerd op het blad stond.

'Laten we eens kijken wat ze in uw eten stoppen. Mmm! Heerlijk. Er zitten tomaten in, aardappelen, chili's en... ik kan niet goed proeven... wat voor vlees het is.'

'Ik meen het serieus, proeft u niet iets bitters?'

'Nee, doña Elena, helemaal niet. Maar als u wilt laat ik de soep analyseren. Ik wil niet dat u zich zorgen maakt. Maar terwijl ik op de resultaten wacht, moet u wel iets eten.'

'Laat dan een goede kokkin komen.'

'Wat zegt u nu? Terwijl u de beste in huis heeft! Ik heb begrepen dat uw dochter Tita een uitzonderlijk goede kokkin is. Vandaag of morgen kom ik u om haar hand vragen.'

'U weet toch dat ze niet kan trouwen!' riep ze in wilde razernij uit.

John deed er het zwijgen toe. Hij schoot er niets mee op om Mama Elena nog bozer te maken. Het maakte ook niets uit, aangezien hij er vast van overtuigd was dat hij met Tita zou trouwen, met of zonder haar moeders toestemming. Hij wist dat Tita zich niets meer aantrok van haar bizarre lot en dat ze zouden trouwen zodra ze achttien was. Hij maande Mama Elena tot kalmte, beloofde haar dat hij de volgende dag een nieuwe kokkin zou sturen en beschouwde zijn bezoek als afgelopen. Inderdaad stuurde hij een nieuwe kokkin, maar Mama Elena verwaardigde zich niet eens haar te ontvangen. De opmerking van de dokter over zijn plan om Tita ten huwelijk te vragen had haar de ogen geopend.

Die twee hadden vast en zeker een verhouding gekregen.

Al een tijd lang had Mama Elena het vermoeden dat Tita graag wilde dat zij van deze wereld zou verdwijnen, zodat ze vrij was om te trouwen, niet één maar wel duizend keer als ze daar zin in had. Mama Elena zag dat deze wens voortdurend tussen hen beiden aanwezig was, in iedere aanraking, in ieder woord, in iedere blik. Maar nu twijfelde ze er niet meer aan of Tita was haar langzaam aan het vergiftigen om met dokter Brown te kunnen trouwen. Daarom weigerde ze vanaf die dag pertinent ook maar iets te eten dat Tita had klaargemaakt. Ze droeg Chencha op voortaan haar maaltijden te bereiden. Alleen zij en niemand anders mocht haar haar eten brengen en ze moest het in aanwezigheid van Mama Elena proeven voordat deze er een hap van durfde te nemen.

Tita had totaal geen moeite met deze nieuwe regel, sterker nog, het was voor haar een opluchting dat ze de zware verplichting om voor haar moeder te zorgen aan Chencha kon overdragen, zodat ze zelf de tijd had om te beginnen met het borduren van de lakens voor haar uitzet. Ze had besloten met John te trouwen zodra haar moeder wat beter was.

Degene die wel moeite had met de nieuwe regeling was Chencha. Ze was nog fysiek en emotioneel aan het herstellen van de brute aanranding waarvan ze het slachtoffer was geweest. En hoewel het aanvankelijk gunstig leek niets anders te hoeven doen dan eten koken en dat naar Mama Elena brengen, bleek het zwaar tegen te vallen. In het begin was ze blij met het bericht, maar toen het geschreeuw en geklaag begon besefte ze dat wat niet kost, niet deugt.

De dag dat ze naar dokter Brown moest om de hechtingen eruit te laten halen die hij had moeten aanbrengen omdat ze bij de verkrachting was uitgescheurd, kookte Tita in haar plaats.

Ze dachten dat ze Mama Elena zonder enig probleem zouden kunnen bedriegen. Bij thuiskomst bracht Chencha haar het eten en proefde het zoals altijd, maar toen ze het aan Mama Elena gaf ontdekte deze onmiddellijk de bittere smaak. Woedend smeet ze het blad op de grond en joeg Chencha het huis uit, omdat ze geprobeerd had haar in de maling te nemen.

Chencha maakte van de nood een deugd door een paar dagen naar haar dorp te gaan. Ze moest de verkrachting en het bestaan van Mama Elena vergeten. Tita probeerde haar ervan te overtuigen dat ze zich niets van haar moeder moest aantrekken.

Ze kende Chencha al jaren en wist hoe ze met haar moest omgaan.

'Jawel, meissie, maar nou wil ik effe niks geen sores meer, ik heb al genoeg aan m'n kop. Laat me nou gaan, doe niet zo flauw.'

Tita omhelsde en troostte haar zoals ze sinds haar thuiskomst iedere avond had gedaan. Chencha was er vast van overtuigd dat na de wrede aanranding door de bandieten niemand meer met haar wilde trouwen en Tita zag geen manier om haar uit deze inzinking te halen.

'Je weet toch hoe mannen zijn. Van een afgelikte boterham motte ze niks hebben, nu niet en nooit niet.'

Toen Tita zag hoe wanhopig ze was, liet ze haar gaan.

Ze wist uit ervaring dat als Chencha op de haciënda en in de buurt van Mama Elena zou blijven, ze nooit beter zou worden. Alleen afstand zou haar helpen. De volgende dag stuurde ze haar met Nicolás naar haar dorp.

Tita voelde zich toen genoodzaakt een kokkin in dienst te nemen. Maar deze was na drie dagen alweer vertrokken. Ze kon niet tegen de veeleisendheid en slechte manieren van Mama Elena. Ze zochten dus weer een andere, die slechts twee dagen bleef: en nog een en nog een, totdat er in het dorp niemand meer was die bij hen wilde komen werken. Degene die het langst bleef was een doofstom meisje: ze hield het twee weken vol, maar vertrok ten slotte ook, omdat Mama Elena haar met gebaren gezegd had dat ze een imbeciel was.

Er bleef Mama Elena dus niets anders over dan te eten wat Tita maakte, maar ze nam daarbij de nodige voorzorgsmaatregelen. Behalve dat ze van Tita eiste dat deze het eten voorproefde, wilde ze altijd een glas lauwe melk bij de maaltijd. Dat dronk ze leeg voordat ze aan de maaltijd begon, om de werking van het bittere gif, dat volgens haar in het eten was opgelost, tegen te gaan. Soms was dit middel afdoende, maar af en toe voelde ze een heftige pijn in haar buik. Dan nam ze ook nog een glaasje *hipecacuana*-wijn en een glaasje uiensap als braakmiddel. Het was niet voor lang. Na een maand stierf Mama Elena onder verschrikkelijke pijnen, die gepaard gingen met heftige krampen en stuiptrekkingen. Aanvankelijk hadden Tita en John geen verklaring voor deze vreemde dood, want behalve verlamd was Mama Elena klinisch gezien niet ziek geweest. Maar toen ze haar bureau doorzochten vonden ze het flesje *hipecacuana*-wijn en ze concludeerden dat Mama Elena er stiekem van had zitten drinken. John legde Tita uit dat het een zo sterk braakmiddel is dat het de dood tot gevolg kan hebben.

Tijdens de wake kon Tita haar ogen niet van haar moeders gezicht afhouden. Nu pas, nu ze dood was, zag Tita haar voor het eerst en begon ze haar te begrijpen. Iedereen die haar zo zag zou haar blik van herkenning makkelijk voor een blik van verdriet kunnen houden, maar Tita voelde helemaal geen verdriet. Nu pas begreep ze hoe vreemd en verloren een krop sla zich moest voelen als hij plotseling werd gescheiden van een andere krop, waarmee hij samen was gegroeid. Van haar kon niet verwacht worden dat ze leed onder de scheiding van deze krop sla waarmee ze nooit had kunnen praten of enig andere vorm van communicatie had kunnen hebben, en waarvan ze slechts de buitenste bladeren had gekend, niet wetend dat er binnenin nog vele andere bladeren verborgen zaten.

Ze kon zich niet voorstellen dat deze bitter vertrokken mond hartstochtelijk kuste, of dat deze nu gelige wangen roze waren gekleurd door de warmte van een liefdesnacht. Toch was het ooit gebeurd. En Tita ontdekte dat nu pas, te laat en louter toevallig. Toen Tita Mama Elena kleedde voor de wake, nam ze de enorme sleutelbos van haar middel, die ze zo lang ze zich kon herinneren altijd als een keten had gedragen. In huis stond alles achter slot en grendel en onder strenge controle. Niemand kon zelfs maar een kopje suiker uit de kast halen zonder toestemming van Mama Elena. Tita kende de sleutels van alle deuren en bergplaatsen. Maar behalve de enorme sleutelbos droeg Mama Elena om haar hals een hartvormig hangertje met daarin een sleuteltje dat Tita's aandacht trok.

Ze wist onmiddellijk bij welk slot het sleuteltje hoorde.

Als kind was ze een keer bij het verstoppertje spelen in de linnenkast van Mama Elena gaan zitten. Tussen de lakens had ze een kistje gevonden. Terwijl Tita wachtte tot ze haar zouden vinden, probeerde ze het kistje open te maken. Maar tevergeefs, want het zat op slot. Ze werd uiteindelijk gevonden door Mama Elena, die niet meedeed met het spel. Deze deed de kast open omdat ze een laken of zoiets nodig had, en betrapte Tita op heterdaad. Als straf moest ze in de graanschuur honderd maïskolven van hun korrels ontdoen. Tita vond dat ze zo'n zware straf niet had verdiend, met schoenen aan tussen de schone lakens gaan zitten was toch niet zo'n ernstige fout. Pas nu, nu haar moeder dood was en ze de brieven uit het kistje zat te lezen, realiseerde ze zich dat ze niet daarom gestraft was, maar omdat ze had geprobeerd te zien wat er in het kistje zat, en dat de straf dus wel terecht was geweest.

Brandend van nieuwsgierigheid maakte Tita het kistje open. Er zaten een bundeltje brieven van een zekere José Treviño en een dagboek in. De brieven waren aan Mama Elena gericht. Tita legde ze op datum en kwam zo achter het verhaal van de werkelijke liefde van haar moeder. José was haar grote liefde geweest. Ze had niet met hem mogen trouwen omdat hij negerbloed had. Een groep negers was de burgeroorlog in de Verenigde Staten en het gevaar gelyncht te worden ontvlucht en had zich vlak bij het dorp geïnstalleerd. José was het product van de verboden liefde tussen zijn vader José Treviño en een knappe negerin. Toen Mama Elena's ouders tot hun afgrijzen ontdekten dat hun dochter en deze mulat verliefd op elkaar waren, dwongen ze haar onmiddellijk met Juan De la Garza, Tita's vader, te trouwen.

Deze actie kon echter niet verhinderen dat ze ook toen

ze getrouwd was in het geheim met José bleef corresponderen, en het leek er zelfs op dat ze zich niet bij dit soort communicatie hadden neergelegd, want volgens de brieven was Gertrudis een dochter van José en niet van haar vader.

Toen ze wist dat ze zwanger van Gertrudis was, had Mama Elena met José proberen te vluchten. Maar de nacht dat zij verborgen achter de blinden van het balkon op hem stond te wachten, was ze er getuige van dat een onbekende man, gedekt door de schaduwen van de nacht, José zonder duidelijke reden aanviel en hem van kant maakte. Ondanks haar grote verdriet berustte Mama Elena er ten slotte in om aan de zijde van haar wettige echtgenoot te leven. Juan De la Garza was jarenlang niet van deze geschiedenis op de hoogte, maar hij kwam erachter op de dag dat Tita werd geboren. Hij was naar het café in het dorp gegaan om met een paar vrienden de geboorte van zijn nieuwe dochter te vieren en daar had een giftige tong de informatie losgelaten. Het verschrikkelijke nieuws had hem een hartaanval bezorgd. Dat was het hele verhaal.

Tita voelde zich schuldig over het feit dat ze nu deelgenoot van dit geheim was. Ze wist niet wat ze met de brieven moest doen. Even overwoog ze ze te verbranden, maar daar was ze niet toe in staat; als haar moeder dat niet gedurfd had, dan zij al helemaal niet. Dus borg ze alles weer op zoals ze het gevonden had en zette het kistje terug op zijn plaats.

Bij de begrafenis huilde Tita echt om haar moeder. Niet om de dominante vrouw die haar haar hele leven onderdrukt had, maar om dat wezen dat een ongelukkige liefde had meegemaakt. En ze zwoer bij het graf van haar moeder dat zij de liefde nooit zou verloochenen, wat er ook gebeurde. Op dat moment was ze ervan overtuigd dat haar ware liefde John was, de man naast haar, die haar onvoorwaardelijk steunde. Maar toen ze een groep mensen het pantheon zag naderen en in de verte het silhouet van Pedro met Rosaura aan zijn zijde onderscheidde, was ze niet meer zo zeker van haar gevoelens.

Rosaura had een enorm dikke buik en liep langzaam. Zodra ze Tita zag kwam ze naar haar toe en omhelsde haar snikkend. Na haar was het Pedro's beurt. Toen Pedro haar omhelsde trilde haar lichaam als een espenblad. Tita dankte haar moeder dat ze haar de gelegenheid had gegeven Pedro terug te zien en te omhelzen. Onmiddellijk daarna maakte ze zich bruusk uit zijn armen los. Pedro verdiende het niet dat ze zoveel van hem hield. Het was slap van hem geweest zover van haar vandaan te gaan en dat vergaf ze hem niet.

Toen ze terugliepen naar de haciënda nam John Tita's hand, en Tita kneep hem even in zijn arm, waarmee ze benadrukte dat er tussen hen meer bestond dan vriendschap. Daarmee wilde ze Pedro net zo laten lijden als zij had geleden wanneer ze hem met haar zus zag.

Pedro observeerde hen met toegeknepen ogen. De vertrouwelijkheid waarmee John zich naar Tita toe boog en zij iets in zijn oor fluisterde stond hem niet aan. Wat was hier aan de hand? Tita behoorde hem toe en hij liet haar niet van zich afnemen. Zeker niet nu de grootste hinderpaal voor hun liefde er niet meer was: Mama Elena.

Wordt vervolgd...

Volgende recept: CHAMPANDONGO

hoofdstuk 8

Augustus

Champandongo

Ingrediënten:

250 g rundergehakt
250 g varkensgehakt
200 g walnoten
200 g amandelen
1 ui
sukade
2 tomaten
suiker
1/4 l zure room
250 g Manchego-kaas
1/4 l mole
komijn
kippenbouillon
maïstortilla's
olie

BEREIDING:

Snijd de ui fijn en bak die samen met het vlees in een klein beetje olie. Voeg onder het bakken de gemalen komijn en een eetlepel suiker toe.

Zoals gewoonlijk huilde Tita onder het snijden van de ui. Op een gegeven moment was ze zo verblind door tranen dat ze zich per ongeluk in haar vinger sneed. Ze slaakte een kreet van woede, maar ging gewoon door met het maken van de champandongo. Ze had nu absoluut geen tijd om naar de wond te kijken. Vanavond zou John haar hand komen vragen en ze had maar een half uur de tijd om een lekkere maaltijd voor hem in elkaar te zetten.

Tita hield er niet van zich bij het koken te moeten haasten.

Ze nam altijd ruim de tijd voor haar gerechten en deelde haar werkzaamheden zo in dat er rust in de keuken heerste. Alleen dan is het mogelijk een smakelijk gerecht te maken dat precies goed is. Nu liep ze zo achter op haar schema dat haar bewegingen geagiteerd en gehaast waren, waardoor dit soort ongelukken gebeuren.

De voornaamste reden van haar vertraging was haar schattige nichtje, dat drie maanden geleden, net als Tita te vroeg was geboren. De dood van haar moeder had Rosaura zo aangegrepen dat ze haar dochter voortijdig ter wereld had gebracht en niet in staat was haar de borst te geven. Deze keer had Tita de rol van voedster niet op zich willen of kunnen nemen. Ze had het niet eens geprobeerd, misschien vanwege de ellendige tijd die ze had doorgemaakt toen Roberto van haar was weggenomen. Ze wist nu dat je je niet te sterk moet hechten aan kinderen die niet van jezelf zijn.

In plaats daarvan voedde ze Esperanza nu op dezelfde manier als Nacha dat bij haar als hulpeloos schepseltje had gedaan: met thee en pap.

Op verzoek van Tita hadden ze het meisje de naam Esperanza gegeven. Pedro had er aanvankelijk op gestaan dat ze Josefita zou heten, net als Tita, maar zij had zich daar fel tegen verzet. Ze wilde niet dat die naam het lot van het meisje zou beïnvloeden. Het was al erg genoeg dat er bij haar geboorte van alles was misgegaan. John had Rosaura met spoed moeten opereren om haar leven te redden en die kon nu geen kinderen meer krijgen.

John had Tita uitgelegd dat de placenta zich soms om vreemde redenen niet alleen in de uterus inplant, maar daar ook wortel schiet. Het gevolg is dat de placenta na de geboorte van het kind niet loskomt. Hij zit zo vast dat als een onervaren iemand de moeder probeert te helpen de placenta eruit te krijgen door aan de navelstreng te gaan sjorren, de hele uterus meekomt. In dat geval moet de uterus met spoed operatief verwijderd worden, waarna de vrouw nooit meer zwanger kan worden.

Bij Rosaura had John chirurgisch ingegrepen, niet omdat hij te onervaren was, maar omdat er geen andere manier was om de placenta los te krijgen. Esperanza zou dus haar enige en tevens jongste kind zijn, en tot overmaat van ramp was het een meisje! Wat binnen de familietraditie betekende dat zij degene was die tot haar dood voor haar moeder moest zorgen. Misschien had Esperanza wel wortel in de buik van haar moeder geschoten omdat ze al wist wat haar in deze wereld te wachten stond. Tita bad dat Rosaura niet op het idee zou komen die wrede traditie voort te zetten. En omdat ze bang was dat haar naam Rosaura op verkeerde ideeën zou brengen, zeurde ze net zo lang tot ze haar Esperanza noemden.

Toch was er een hele reeks toevalligheden die het lot van dit meisje op dat van Tita deed lijken. Zo bracht ze bijvoorbeeld het grootste deel van de dag in de keuken door, uit pure noodzaak, want haar moeder kon niet voor haar zorgen en haar tante kon alleen in de keuken aandacht aan haar besteden. Met thee en pap groeide ze dus op tot een gezond en blozend kind, te midden van de geuren en smaken van deze warme, paradijselijke plek.

Rosaura was niet bepaald blij met deze oplossing. Ze vond dat Tita het kind te lang bij haar weghield en zodra ze weer van de operatie hersteld was, eiste ze dat Esperanza voortaan meteen na het voeden teruggebracht werd, zodat ze naast haar bed kon slapen, waar haar plaats was. Maar het was al te laat. De baby was toen al zo aan de keuken gewend dat ze daar niet zomaar weggehaald kon worden. Wanneer ze bij de warmte van de kachel vandaan werd gehaald, huilde ze zo hard dat Tita met de pan eten die ze aan het koken was naar de slaapkamer moest gaan. Op die manier kon ze het meisje misleiden, want zodra die de warmte van de pan rook en voelde, viel ze in slaap. Dan bracht Tita de enorme pan weer terug naar de keuken en ging verder met koken.

Maar vandaag maakte de baby het bonter dan ooit. Het is heel goed mogelijk dat ze aanvoelde dat haar tante van plan was te trouwen en de haciënda te verlaten en zij dus aan haar lot overgelaten zou worden, want ze huilde de hele dag aan één stuk door. Tita liep voortdurend met pannen eten heen en weer, trap op trap af. Totdat het onvermijdelijke gebeurde: de kruik gaat net zo lang te water tot zij barst. Toen ze voor de achtste keer de trap afliep, struikelde ze en de pan met mole voor de champandongo rolde naar beneden. En daarmee gingen vier intensieve uren van snipperen en snijden verloren.

Met haar hoofd in haar handen ging Tita op de trap zitten om op adem te komen. Ze was die ochtend om vijf uur opgestaan om alles op haar gemak te kunnen doen en het was allemaal tevergeefs geweest. Nu moest ze weer nieuwe mole gaan maken.

Pedro had geen slechter moment kunnen uitkiezen om met Tita te praten. Toen hij haar daar op de trap zag zitten, blijkbaar om even uit te rusten, greep hij zijn kans om haar ervan te overtuigen dat ze niet met John moest trouwen.

'Tita, ik wil je zeggen dat je plan om met John te trouwen volgens mij een grote vergissing is. Het is nu nog mogelijk deze fout niet te maken. Trouw alsjeblieft niet met hem!'

'Pedro, het is niet aan jou om mij te zeggen wat ik wel en niet moet doen. Toen jij trouwde heb ik jou ook niet gevraagd dat niet te doen, terwijl jouw huwelijk mij kapot heeft gemaakt. Jij hebt jouw leven geleid, laat mij het mijne leiden!'

'Juist omdat ik dat heb gedaan en daar nu zo'n spijt van heb, vraag ik je er nog eens goed over na te denken. Je weet heel goed waarom ik met je zus ben getrouwd, maar het is een zinloze daad geweest. Achteraf denk ik dat ik beter met jou had kunnen vluchten.'

'Dat denk je dan te laat. Er is nu niets meer aan te doen. Ik smeek je me nooit meer lastig te vallen. En heb niet het lef ooit nog te zeggen wat je net zei, want mijn zusje zou het kunnen horen en het is nergens voor nodig dat er in dit huis nog iemand ongelukkig is. Als je dan nu opzij wilt gaan!.... En nog iets, ik raad je aan om bij een volgende liefde niet zo laf te zijn!'

Woedend pakte Tita de pan op en liep naar de keuken.

Knarsetandend en met pannen smijtend maakte ze nieuwe mole, en terwijl deze op het vuur stond, ging ze verder met de bereiding van de champandongo.

Laat het vlees mooi bruin worden en voeg er dan de in stukjes gesneden tomaat bij, samen met de sukade en de gehakte walnoten en amandelen.

De damp uit de pan vermengde zich met de stoom die van het lichaam van Tita kwam. De woede in haar werkte als gist in brooddeeg. Ze voelde hem aanzwellen tot haar lichaam op knappen stond, en zoals gist in een klein kommetje al snel boven de rand uit rijst, zo kwam haar woede in de vorm van stoom via haar oren, haar neus en iedere porie van haar lichaam naar buiten.

Deze buitensporige boosheid werd slechts voor een klein deel door het gesprek met Pedro veroorzaakt, voor een ander deel door de tegenslag en het gezwoeg in de keuken, en voor een groot deel door iets dat Rosaura een paar dagen eerder had gezegd. Ze zaten bij haar zus op de kamer, Tita, John en Alex. John had zijn zoontje meegenomen op zijn visite, want het jongetje miste Tita heel erg en wilde haar graag zien. Toen hij naar de wieg ging om Esperanza te bekijken, was hij diep onder de indruk van de schoonheid van het meisje. En zoals alle kinderen van die leeftijd nam hij geen blad voor de mond en zei luid: 'Hé, pappie, ik wil ook trouwen, net als jij. Maar ik met dit meisje.'

Iedereen begon te lachen om die grappige opmerking,

maar toen Rosaura Alex uitlegde dat dat niet kon omdat dit meisje altijd voor haar zou moeten zorgen, voelde Tita dat haar haren recht overeind gingen staan. Alleen Rosaura kon zoiets afgrijselijks bedenken, zo'n onmenselijke traditie voortzetten.

O, had Rosaura maar haar mond gebrand! Had ze die weerzinwekkende, stinkende, onsamenhangende, smerige, onfatsoenlijke, walgelijke woorden maar nooit laten ontsnappen! Ze had ze beter in kunnen slikken en diep in haar ingewanden kunnen stoppen tot ze waren weggerot en de wormen ze hadden opgevreten. Tita hoopte maar dat ze lang genoeg zou leven om deze afschuwelijke plannen van haar zus te kunnen verhinderen.

Ze wist alleen niet waarom ze juist nu aan deze vervelende dingen moest denken, terwijl dit de gelukkigste momenten van haar leven zouden moeten zijn. En ze wist ook niet waarom ze zo uit haar humeur was. Misschien had Pedro haar aangestoken. Sinds ze terug waren op de haciënda en hij gehoord had dat Tita met John wilde trouwen, was hij niet te genieten geweest. 's Ochtends heel vroeg verliet hij in galop de haciënda om pas vlak voor het avondeten terug te keren. Daarna sloot hij zich onmiddellijk op in zijn kamer.

Niemand begreep iets van zijn gedrag, al dachten sommigen dat het kwam doordat hij het heel erg vond dat hij nooit meer dan één kind zou hebben. Wat het ook was, het leek wel alsof de gedachten en daden van iedereen in het huis door boosheid werden beheerst. Tita was over haar toeren. Ze was enorm geprikkeld. Zelfs het gekoer van de duiven, waar ze anders zo van hield, hinderde haar nu, terwijl ze toch zo blij was geweest op de dag dat ze zich weer op de zolder van het huis hadden geïnstalleerd.

Haar hoofd voelde alsof het als popcorn uit elkaar ging springen. Om dat te voorkomen duwde ze haar beide handen er heel hard tegenaan. Toen ze een zacht klopje op haar schouder voelde, schoot ze overeind. Ze had zin om degene die dat gedaan had te slaan, want die zou haar zeker nog meer van haar werk afhouden. Maar wie schetste haar verbazing toen ze Chencha voor zich zag staan. Dezelfde Chencha als altijd, glimlachend en gelukkig. Ze was nog nooit zo blij geweest haar te zien, zelfs niet de keren dat het meisje haar was komen opzoeken in het huis van John. Zoals altijd kwam Chencha als uit de hemel gevallen, op het moment dat Tita haar het hardst nodig had.

Het was verbazingwekkend om te zien hoezeer Chencha zich weer hersteld had, na haar zo bedroefd en wanhopig te hebben zien vertrekken. Er was geen spoor meer te ontdekken van de traumatische ervaring die ze had opgedaan. De man die dat voor elkaar had gekregen stond naast haar, met een oprechte, brede glimlach. Van een mijl afstand kon je zien dat het een eerlijke, stille man was, hoewel dat eigenlijk maar de vraag is, want Chencha gaf hem slechts de kans heel even zijn mond open te doen om tegen Tita 'Jesús Martínez, aangenaam' te zeggen. Daarna eiste Chencha zoals altijd het hele gesprek op en in het snelheidsrecord van twee minuten wist ze Tita van haar lotgevallen op de hoogte te stellen: Jesús was haar eerste vriendje geweest en hij was haar nooit vergeten. De ouders van Chencha hadden zich fel tegen hun vriendschap verzet en als Chencha niet naar haar dorp was teruggekeerd en hem daar niet was tegengekomen, had hij nooit geweten waar hij haar had moeten zoeken. Het kon hem natuurlijk niets schelen dat Chencha geen maagd meer was; hij was onmiddellijk met haar getrouwd. Ze waren samen naar de haciënda gekomen met het idee om, nu Mama Elena dood was, hier een nieuw leven te beginnen. Ze wilden een heleboel kinderen krijgen en voor eeuwig gelukkig zijn...

Chencha begon paars aan te lopen en stopte even om op adem te komen. Tita maakte van die onderbreking gebruik om haar te zeggen, niet in zo'n snel tempo als Chencha maar wel bijna, dat ze dolblij was dat ze weer terug was, dat ze morgen zouden bespreken wat voor werk Jesús zou kunnen doen, dat ze vandaag ten huwelijk gevraagd zou worden, dat ze binnenkort ging trouwen, dat ze nog niet klaar was met het diner, en of Chencha dat wilde afmaken, dan zou zij een kalmerend, ijskoud bad kunnen nemen en zich toonbaar kunnen maken voor John, die elk moment kon komen.

Chencha gooide haar praktisch de keuken uit en nam onmiddellijk de leiding. Champandongo, zei ze, kon ze met haar ogen dicht en haar handen gebonden maken.

Wanneer het vlees gaar is, moeten de tortilla's in olie worden gebakken, niet te lang want ze mogen niet hard worden. Doe daarna in de schaal die we in de oven gaan zetten eerst een laag room zodat het gerecht niet aanbakt, dan een laag tortilla's, daaroverheen een laag gehakt en ten slotte de mole. Dek dit af met plakjes kaas en room en herhaal deze lagen tot de schaal helemaal vol is. Zet hem in de oven en haal hem eruit als de kaas gesmolten is en de tortilla's zacht zijn geworden. Serveer het gerecht met rijst en bonen.

Wat gaf het Tita een rustig gevoel te weten dat Chencha in de keuken was. Nu hoefde ze zich alleen maar met haar eigen uiterlijk bezig te houden. Ze vloog de patio over en ging de badkamer binnen. Ze had maar tien minuten om zich te baden, zich aan te kleden en haar haar te doen. Ze had zo'n haast dat ze Pedro niet eens zag, die helemaal aan de andere kant van de patio achter het huis tegen steentjes stond te trappen.

Tita trok haar kleren uit, ging onder de sproeier staan en liet het koude water op zich neerkomen. Wat een opluchting! Met haar ogen dicht voelde ze alles nog sterker, dan voelde ze iedere druppel koud water over haar lichaam lopen. Ze merkte hoe haar tepels hard werden door de aanraking met het water. Een andere straal liep langs haar rug en viel als een waterval op de ronding van haar forse billen, om vervolgens langs haar stevige benen tot aan haar voeten te stromen. Langzaam aan verdween haar hoofdpijn en kwam ze weer in een goed humeur. Ineens voelde ze dat het water lauw begon te worden en warmer en warmer werd, tot ze haar huid eraan brandde. Dat gebeurde weleens in een hete periode, wanneer de felle zon de hele dag op het water in het reservoir had staan branden, maar nu was het in de eerste plaats geen zomer en in de tweede plaats was de zon al onder. Verschrikt deed ze haar ogen open, bang dat de badkamer opnieuw in brand zou vliegen, en toen zag ze ineens de gestalte van Pedro, die vanaf de andere kant van het schot ingespannen naar haar stond te kijken.

De ogen van Pedro schitterden zo fel dat het onmogelijk was ze in de schemering niet te zien, zoals twee onopvallende dauwdruppels verscholen in het onkruid niet onopgemerkt kunnen blijven als de eerste zonnestralen erop vallen. Vervloekte blik van Pedro! En vervloekte timmerman die de badkamer precies zo had geconstrueerd als de vorige, dus met kieren tussen de planken! Toen ze zag dat Pedro met een begerige blik in zijn ogen op haar af kwam, schoot ze in aller ijl wat kleren aan en rende de badkamer uit. In paniek ging ze naar haar kamer en deed de deur op slot.

Nauwelijks was ze klaar met haar toilet, of Chencha kwam haar zeggen dat John was gearriveerd en in de salon op haar zat te wachten.

Ze kon hem niet direct ontvangen, eerst moest ze de tafel nog dekken. Voordat het kleed over de tafel gaat moet hierover een molton onderkleed worden gelegd, zodat de glazen en het servies geen lawaai maken wanneer ze worden neergezet. Het molton onderkleed moet wit zijn, om het tafellaken nog witter te laten lijken. Tita spreidde het onderkleed zachtjes uit over de enorme tafel voor twintig personen, die alleen maar bij dit soort gelegenheden werd gebruikt. Ze deed haar best geen geluid te maken, zelfs niet bij het ademhalen, om de conversatie tussen Rosaura, Pedro en John in de salon te kunnen horen. De salon en de eetkamer werden door een lange gang gescheiden, zodat alleen het gebrom van de zware stemmen van Pedro en John tot Tita doordrong. Toch kon ze wel horen dat de toon ruzieachtig was. Voordat de situatie uit de hand zou lopen, zette ze snel de borden, het zilveren bestek, de glazen, zoutvaatjes en messenleggers op hun plaats. Vervolgens deed ze de kaarsjes in de komforen aan, die dienden om de verschillende gerechten warm te houden, en zette deze klaar op het dressoir. Toen holde ze naar de keuken om de bordeaux te gaan halen, die ze au bain marie had opgezet. Bordeaux-wijnen moeten een paar uur van tevoren uit de kelder worden gehaald en op een warme plek worden gezet, zodat een milde temperatuur het aroma tot ontwikkeling kan brengen. Omdat Tita echter vergeten had de wijn op tijd te halen, forceerde ze het procédé nu op kunstmatige wijze. Het enige dat ze nog moest doen was het goudbronzen mandje met bloemen in het midden van de tafel zetten. Maar omdat dit pas vlak voor het aan tafel gaan moet gebeuren, opdat de bloemen er zo fris mogelijk bij staan, droeg ze dit werkje aan Chencha op, en zo snel als haar gesteven kleding het toeliet ging ze naar de salon.

Toen ze de deur opendeed, was ze meteen getuige van een verhitte discussie tussen Pedro en John over de politieke situatie in het land. Het leek wel alsof die twee de meest elementaire beleefdheidsvormen hadden vergeten; die schrijven voor dat in het sociale verkeer niet over mensen, over droevige onderwerpen of vervelende gebeurtenissen, over geloof en over politiek gepraat mag worden. Tita's komst beëindigde de discussie en dwong hen het gesprek op vriendelijker toon voort te zetten.

In deze gespannen sfeer deed John ten slotte zijn huwelijksaanzoek. Pedro, als de heer des huizes, gaf stug zijn toestemming. Daarna begonnen ze alle bijzonderheden te regelen. Toen ze probeerden een datum voor de bruiloft vast te stellen, vernam Tita dat John deze graag wat wilde uitstellen zodat hij naar het noorden van de Verenigde Staten kon reizen om zijn tante op te halen. Het was de enige tante die hij nog had en hij wilde graag dat zij bij de plechtigheid aanwezig was. Tita kwam hierdoor in een lastig parket: zij wilde de haciënda zo snel mogelijk verlaten om uit de nabijheid van Pedro te zijn.

Toen John Tita een prachtige ring met briljanten had overhandigd was de verloving officieel. Lange tijd keek ze naar de glanzende ring aan haar hand. Het geflonker deed haar denken aan de schittering in de ogen van Pedro, daarnet, toen hij naar haar naakte lichaam had staan kijken, en er kwam een Otomí-gedicht in haar op dat ze in haar jeugd van Nacha had geleerd:

In de dauwdruppel glinstert de zon
de dauwdruppel droogt op
in mijn ogen, de mijne, glinster jij
ik, ik leef...

Rosaura raakte vertederd toen ze tranen in de ogen van haar zusje zag. Ze dacht dat het tranen van geluk waren en voelde zich enigszins bevrijd van het schuldgevoel dat haar soms kwelde omdat ze met het vriendje van Tita was getrouwd. Daarom gaf ze iedereen vrolijk een glas champagne en stelde voor een toost op het geluk van het verloofde paar uit te brengen. Toen die vier mensen daar in het midden van de kamer hun glazen hieven, stootte Pedro zijn glas zo hard tegen dat van de anderen, dat het brak en het vocht uit de andere glazen op hun gezichten en kleren spatte.

Het was een zegen dat te midden van deze consternatie Chencha binnenkwam en de magische woorden 'het eten staat op tafel' sprak. Deze aankondiging kwam net op tijd om de vredige stemming die het moment vereiste te bewaren. Wanneer er over eten – een zeer belangrijk onderwerp – wordt gepraat, tonen alleen dwazen en zieken niet de gepaste belangstelling. Maar omdat die hier niet waren, liepen allen met een vrolijk gezicht naar de eetkamer.

Dankzij de grappige onderbrekingen van Chencha onder het serveren, was de sfeer tijdens de maaltijd wat meer ontspannen. Misschien omdat Tita tijdens het koken een slecht humeur had gehad was het eten niet zo geweldig als anders, maar het zou te ver gaan om te zeggen dat het niet lekker was. Champandongo is zo'n verfijnd gerecht dat geen kwaad humeur ertegen is opgewassen en de smaak ervan kan veranderen. Na het eten bracht Tita John naar de deur en daar gaven ze elkaar een lange afscheidskus. John zou de volgende dag op reis gaan en zo snel mogelijk weer terugkeren.

Terug in de keuken bedankte Tita Chencha voor haar enorme hulp en zei haar toen de kamer te gaan schoonmaken waar ze voortaan met Jesús haar man zou wonen. Voor ze in bed gingen liggen moesten ze wel kijken of er niet van die akelige wandluizen waren. Het laatste dienstmeisje dat in die kamer had geslapen had hem vergeven van deze beestjes achtergelaten en door het vele werk dat de geboorte van de dochter van Rosaura met zich had meegebracht, was Tita er nog niet aan toe gekomen de kamer te desinfecteren.

Het beste middel om ze uit te roeien is een glas spiritus vermengd met een half onza terpentijnhars en een half onza kamfer in poedervorm. Smeer dit spul op de plaatsen waar luizen zijn en ze verdwijnen volledig.

Nadat Tita de keuken had opgeruimd, begon ze de potten en pannen op te bergen. Ze had nog geen slaap en kon beter dit doen dan in haar bed gaan liggen woelen. Er gingen allerlei tegenstrijdige gevoelens door haar heen en om orde op zaken te stellen in haar hoofd kon ze het best eerst orde in de keuken brengen. Ze pakte een grote stenen pot en droeg die naar wat nu het rommelhok en voorheen de donkere kamer was. Na de dood van Mama Elena bleek dat niemand die nog wilde gebruiken om te baden, want dat deden ze allemaal liever in het stortbad. Om het vertrek nog enig nut te geven werd het veranderd in een rommelhok. In de ene hand droeg ze de pot en in de andere een olielamp. Ze ging het vertrek binnen en liep voorzichtig, om niet tegen de grote hoeveelheid rommel op te botsen, naar de plek waar de pannen stonden die niet vaak werden gebruikt. De olielamp gaf wel wat licht, maar niet voldoende om de schaduw te zien die achter haar rug kwam aangeslopen en de deur van de kamer sloot.

Bij het voelen van een vreemde aanwezigheid draaide Tita zich om en in het licht tekende zich duidelijk de gestalte van Pedro af, die een dwarsbalk voor de deur plaatste.

'Pedro! Wat doe *jij* hier?'

Pedro kwam zonder iets te zeggen op haar af, doofde de vlam van de olielamp, sleurde haar naar het messing bed dat eens van haar zus Gertrudis was geweest. Hij wierp haar achterover op het bed en daar liet hij haar haar maagdelijkheid verliezen en leerde hij haar de ware liefde kennen.

Op haar kamer probeerde Rosaura haar dochter, die heel hard huilde, in slaap te krijgen. Ze liep met haar de kamer op en neer, zonder dat het iets hielp. Toen ze langs het raam kwam, zag ze uit de donkere kamer een merkwaardig schijnsel komen. Fosforescerende spiralen stegen als fijn vuurwerk omhoog. Hoe ze ook schreeuwde om Tita en Pedro op het verschijnsel te wijzen, ze kreeg slechts antwoord van Chencha, die een stel lakens kwam halen. Bij het zien van dit uitzonderlijke fenomeen werd Chencha voor het eerst in haar leven stil van verbazing. Er kwam geen geluid meer over haar lippen. Zelfs Esperanza, die alles aandachtig gadesloeg, hield op met huilen. Chencha zonk op haar knieën, sloeg een kruis en begon te bidden.

‘Heilige Maagd Maria, red de ziel van mijn mefrouw Elena, zodat die niet meer door de mist van het fagefuur hoef te dwalen.’

‘Wat zeg je, Chencha? Waar heb je het over?’

‘Nou, wat denk je? Zie je niet dat het het spook van de dooie is! Dat arme mens mot dus ergens voor boeten! Ik zou voor geen goud gaan kijken, dat zweer ik je!’

‘Ik ook niet.’

Als die arme Mama Elena had geweten dat haar aanwezigheid zelfs na haar dood nog angst aanjoeg en dat de vrees om haar tegen te komen Tita en Pedro de ideale kans gaf ongestraft haar lievelingsplek te ontwijden door op het bed van Gertrudis te gaan vrijen, zou ze nog duizendmaal sterven!

Wordt vervolgd...

Volgende recept: CHOCOLADE EN DRIEKONINGEN-KRANS

hoofdstuk 9

September

Chocolade en driekoningenkrans

Ingrediënten:

2 pond Soconusco-cacaobonen
2 pond Maracaibo-cacaobonen
2 pond Caracas-cacaobonen
4 tot 6 pond suiker, naar smaak

BEREIDING:

Eerst moeten de cacaobonen geroosterd worden. Een bakblik is daarvoor geschikter dan de stenen bakplaat, want de olie die uit de bonen vrijkomt gaat verloren in de poriën van de bakplaat. Het is heel belangrijk dit soort aanwijzingen ter harte te nemen.

De kwaliteit van de chocolade hangt af van drie dingen: de cacaobonen moeten gaaf en niet beschadigd zijn, de chocolade moet bestaan uit een melange van verschillende cacaosoorten en, als laatste, de bonen moeten precies lang genoeg geroosterd worden.

De bonen zijn lang genoeg geroosterd op het moment dat ze olie beginnen af te scheiden. Worden ze te vroeg van het vuur gehaald dan zullen ze, behalve dat ze er bleek en onaantrekkelijk uitzien, moeilijk verteerbaar zijn. Als ze echter te lang geroosterd worden, zullen de bonen voor een groot deel verbranden en krijgt de chocolade een scherpe, bittere smaak.

Tita nam een half theelepeltje van de vrijgekomen olie om deze met olie van zoete amandelen te mengen en daarmee een uitstekende lippenpommade te maken. In de winter had ze altijd gebarsten lippen, wat ze ook deed om dat te voorkomen. Toen ze klein was ondervond ze daar veel hinder van, want telkens als ze lachte, sprongen haar volle lippen open en begonnen te bloeden, wat enorm veel pijn deed. In de loop van de tijd had ze zich daarbij neergelegd. En omdat ze nu nog maar weinig reden tot lachen had, maakte ze zich er helemaal geen zorgen meer over. Ze kon rustig wachten tot het weer lente werd en de kloven vanzelf zouden verdwijnen. De enige reden om de pommade te maken was dat er die avond een paar gasten zouden komen om driekoningenkrans te eten.

Puur uit ijdelheid wilde ze op deze speciale avond zachte, glanzende lippen hebben, niet omdat ze dacht dat ze veel zou lachen. Door haar vermoeden dat ze zwanger was, was ze niet in de stemming om een glimlach rond haar lippen te laten verschijnen. Toen ze met Pedro de liefde bedreef, had ze geen moment aan die mogelijkheid gedacht. Ze had het hem nog niet verteld. Dat wilde ze die avond doen, maar ze wist niet hoe. Ze had geen idee hoe Pedro zou reageren en hoe ze dit enorme probleem moest oplossen.

Ze wilde liever proberen zichzelf niet langer te kwellen en haar gedachten naar minder belangrijke zaken te sturen, zoals de bereiding van een goede lippenpommade. Hiervoor is cacaoboter onontbeerlijk. Maar voordat ze die kon maken, moest eerst de chocolade klaar zijn.

Als de cacaobonen op bovengenoemde wijze geroosterd zijn, worden ze van hun velletje ontdaan. Zet dan onder de maalsteen een pan met een goed brandend vuurtje en wacht tot de steen warm is alvorens met het malen van de bonen te beginnen. Stamp de suiker fijn en maal hem vervolgens samen met de bonen. Verdeel de chocolademassa meteen in gelijke hoeveelheden en vorm er met de handen plakken van; maak ze rond of langwerpig, naar eigen smaak, en laat ze hard worden. Met de punt van een mes kunnen eventueel inkepingen worden aangebracht. Terwijl Tita de plakken maakte, dacht ze met heimwee terug aan het driekoningenfeest in haar jeugd, toen ze nog niet van die ernstige problemen had. In die tijd was haar grootste zorg altijd dat de Koningen haar nooit brachten wat zij had gevraagd, maar wat Mama Elena het meest geschikt voor haar vond. Pas een paar jaar geleden was ze erachter gekomen dat als ze een enkele keer wel een cadeau kreeg dat ze graag wilde hebben, Nacha daar de hand in had gehad. Deze had dan een tijd haar salaris opgespaard om bijvoorbeeld voor haar een 'bioscoopje' te kopen, dat ze in een etalage had gezien. Ze noemden het apparaat een bioscoopje, omdat het met een olielamp als lichtbron op de muur beelden projecteerde die leken op filmbeelden, maar eigenlijk heette het een 'projectielantaarn'. Wat was ze gelukkig toen ze het cadeau 's ochtends vroeg naast haar schoen zag staan. Haar zusjes en zij hadden middagen lang doorgebracht met het kijken naar de opeenvolgende beelden die op een glazen plaatje geschilderd waren en allerlei grappige situaties voorstelden. Wat leken die gelukkige dagen, toen Nacha nog bij haar was, nu ver weg. Nacha! Ze miste de geur van haar vermicellisoep, *chilaquiles,* warme chocolade, in de vijzel gemaakte saus, broodpudding, de geur van vroeger tijden. Ze was niet te overtreffen met haar kruiden, haar pap, haar thee, haar lach, de pleisters op haar slapen tegen de hoofdpijn, de manier waarop ze Tita's haar vlechtte, haar 's avonds instopte, haar verzorgde als ze ziek was, lekkere hapjes en chocolade maakte! Kon ze maar heel even terugkeren naar die tijd, om een beetje van de vrolijkheid van toen mee te nemen zodat ze de driekoningenkrans met evenveel enthousiasme als destijds kon maken! Kon ze de krans maar zoals vroeger samen met haar zusjes opeten, grapjes makend en lachend, toen ze nog niet met Rosaura om de liefde van een man hoefde te wedijveren, toen ze nog niet wist dat trouwen voor haar in dit leven verboden was, toen Gertrudis nog niet wist dat ze van huis zou weglopen en in een bordeel zou gaan werken, toen iedereen wanneer het poppetje uit de krans te voorschijn kwam nog heilig geloofde dat haar wens op magische wijze in vervulling zou gaan. Het leven had haar geleerd dat het allemaal niet zo simpel was, dat slechts een paar slimmeriken erin slagen hun dromen koste wat kost te verwezenlijken, en dat ze voor het recht om zelf haar leven te bepalen meer moeite moest doen dan ze gedacht had. Ze moest die strijd alleen voeren, en dat drukte zwaar op haar. Was Gertrudis maar bij haar! Maar waarschijnlijk zou er nog eerder een dode tot leven komen dan dat haar zus weer thuis zou komen.

Sinds Nicolás haar kleren bij haar had afgegeven, in het

bordeel waar ze terechtgekomen was, hadden ze nooit meer iets van haar gehoord. Enfin, terwijl ze de plakken chocolade die net klaar waren naast haar herinneringen te drogen legde, begon ze aan de driekoningenkrans.

Ingrediënten:

30 g verse gist
1 kilo en 1/4 kilo bloem
8 eieren
1 eetlepelzout
2 eetlepels oranjebloesemwater
1 1/2 kop melk
300 g suiker
300 g boter
250 g gekonfijte vruchtjes
1 porseleinen poppetje

BEREIDING:

Werk de gist met de handen of met een vork door 1/4 kilo bloem en voeg beetje bij beetje een halve kop melk toe. Meng alle ingrediënten goed door elkaar en kneed het deeg even. Maak er een bol van en laat die rusten totdat hij gerezen is tot twee keer zijn oorspronkelijke grootte.

Juist toen Tita het deeg wegzette om het te laten rusten, verscheen Rosaura in de keuken. Ze kwam Tita vragen of ze haar wilde helpen met het dieet dat John haar had voorgeschreven. Sinds een paar weken had ze enorme problemen met haar spijsvertering, ze had last van winderigheid en een slechte adem. Rosaura schaamde zich zo voor deze darmstoornis dat ze het zelfs nodig vond dat

Pedro en zij in aparte kamers sliepen. Zo kon ze ongestoord winden laten, waardoor de pijn minder werd. John had haar aangeraden voedingsmiddelen als knolgewassen en peulvruchten te laten staan en veel aan lichaamsbeweging te doen. Dat viel niet mee omdat ze veel te dik was. Het was een raadsel waarom ze sinds haar terugkeer op de haciënda zo dik was geworden, want ze at hetzelfde als altijd. Hoe dan ook, het kostte haar enorm veel moeite om haar volumineuze, pafferige lichaam in beweging te zetten. Haar kwalen bezorgden haar eindeloos veel problemen, maar het ergste was nog dat Pedro zich met de dag meer van haar verwijderde. Ze nam het hem niet kwalijk: zelf kon ze haar stinkende adem ook niet verdragen. Ze hield het niet meer vol.

Het was de eerste keer dat Rosaura haar hart bij Tita uitstortte en met haar over dit soort dingen praatte. Ze bekende zelfs dat ze niet eerder was gekomen omdat ze jaloers was. Ze dacht dat Tita en Pedro achter haar rug om een verhouding hadden. Maar nu ze wist hoe verliefd Tita op John was en dat ze heel binnenkort met hem zou trouwen, besefte ze hoe absurd het was om dit soort verdenkingen te blijven koesteren. Ze dacht dat het nog niet te laat was om een goed contact met elkaar te krijgen. Rosaura en Tita waren eigenlijk altijd water en vuur geweest! Met tranen in haar ogen vroeg ze Tita haar alsjeblieft niet te haten omdat ze met Pedro was getrouwd. En ze vroeg haar raad over hoe ze hem terug kon krijgen. Alsof Tita de persoon was om haar dat soort raad te geven! Verdrietig vertelde Rosaura dat Pedro haar al maanden niet met amoureuze bedoelingen had benaderd. Hij vluchtte bijna zodra hij haar zag. Op zichzelf maakte ze zich daar niet al te veel zorgen over, want Pedro was nooit bovenmatig in seks geïnteresseerd geweest. Maar de laatste tijd was er meer aan de hand; ze merkte dat hij duidelijk een afwerende houding tegen haar aannam.

Sterker nog, ze kon precies zeggen sinds wanneer dat zo was. Ze herinnerde het zich haarfijn. Het was sinds de nacht dat de schim van Mama Elena voor het eerst was verschenen. Zij was nog wakker, wachtend op Pedro, die een wandeling was gaan maken. Toen hij terugkwam, luisterde hij nauwelijks naar haar verhaal over de schim, hij leek met zijn gedachten elders. 's Nachts had ze geprobeerd hem te omhelzen, maar hij was diep in slaap geweest of had gedaan alsof, want hij had niet op haar toenaderingspoging gereageerd. Later had zij hem zachtjes horen huilen, maar zij had op haar beurt gedaan alsof ze niets merkte.

Ze voelde hoe haar dikte, haar winderigheid en haar slechte adem Pedro iedere dag onherroepelijk verder van haar wegdreven en ze wist niet hoe ze dat moest voorkomen. Daarom vroeg ze Tita om hulp. Ze had niemand anders om naartoe te gaan en had haar nu meer nodig dan ooit. De situatie werd iedere dag erger. Als Pedro haar zou verlaten zou ze niet weten hoe ze op het geroddel moest reageren, ze zou er niet tegen kunnen. Haar enige troost was dat ze tenminste haar dochtertje Esperanza had, die altijd bij haar moest blijven.

Tot op dat moment was alles goed gegaan. De eerste woorden van Rosaura hadden Tita's geweten danig overhoopgehaald, maar toen Tita voor de tweede maal hoorde wat het lot van Esperanza zou zijn, moest ze zich met alle macht inhouden om niet tegen haar zus te schreeuwen dat het het meest idiote idee was dat ze ooit had gehoord. Op dat moment kon ze geen ruzie met haar zus gaan maken, dat zou het einde betekenen van haar voornemen om iets van het verdriet dat ze Rosaura aandeed goed te maken. Dus in plaats van te zeggen wat ze dacht, beloofde ze haar zus een speciaal dieet voor haar te maken om haar te helpen afvallen. En ze was zo vriendelijk haar een oud recept uit de familie tegen slechte adem te geven: 'Slechte adem vindt zijn oorsprong in de maag en kan verschillende oorzaken hebben. Om een slechte adem te laten verdwijnen, moet men gorgelen met zout water waaraan een paar druppels kamferspiritus zijn toegevoegd. Snuif dit water tevens door de neus op. Daarnaast moet men voortdurend mintblaadjes kauwen. Deze kuur is, als men hem trouw volgt, afdoende om de meest stinkende adem zuiver te maken.'

Rosaura dankte haar duizendmaal voor haar hulp en nadat ze Tita had gesmeekt met geen woord over deze delicate kwestie te spreken, ging ze snel naar de moestuin om mintblaadjes te plukken. Er sprak een enorme opluchting uit het gezicht van Rosaura. Tita zat echter totaal in de put. Wat had ze gedaan! Hoe kon ze de schade die ze bij Rosaura, bij Pedro, bij haarzelf en bij John had aangericht nog goedmaken? Hoe kon ze John nog ontvangen als hij over een paar dagen zou terugkeren van zijn reis? John, de man die ze slechts dankbaar kon zijn, John, die haar weer bij zinnen had gebracht, John, die haar de weg naar de vrijheid had gewezen.

John, vrede, rust, verstandigheid. Dit verdiende hij werkelijk niet. Wat moest ze tegen hem zeggen, wat moest ze doen? Voorlopig was het het beste om verder te gaan met de driekoningenkrans. Het gistdeeg, dat tijdens haar gesprek met Rosaura had staan rijzen, was inmiddels klaar voor de volgende stap.

Leg de kilo bloem in een berg met een kuiltje in het midden op de tafel. Doe alle overige ingrediënten in het kuiltje en begin te kneden. Begin in het midden en neem steeds wat bloem van de rand, totdat alle bloem verwerkt is. Meng dit deeg met het gistdeeg, dat inmiddels tot de dubbele hoeveelheid is gerezen, en kneed alles tot één geheel, totdat het deeg gemakkelijk van de handen loslaat. Schraap het deeg dat op de tafel is blijven plakken los en meng dit er ook doorheen. Doe het deeg in een ingevette diepe kom. Bedek die met een servet en wacht tot het deeg nogmaals tot zijn dubbele hoeveelheid is gerezen. Houd er rekening mee dat dit ongeveer twee uur duurt en dat het deeg driemaal moet rijzen voordat het in de oven kan.

Toen Tita een servet over de kom legde waarin het deeg moest rijzen, sloeg er een sterke windvlaag tegen de keukendeur. De deur zwaaide open en er drong een ijzige kou binnen. Het servet vloog de lucht in en Tita voelde een koude rilling langs haar rug lopen. Ze draaide zich om en stond tot haar schrik oog in oog met Mama Elena, die haar streng aankeek.

'Ik heb je herhaaldelijk gezegd dat je uit de buurt van Pedro moet blijven. Waarom heb je dat niet gedaan?'

'... Ik heb het geprobeerd mammie... maar...'

'Niets te maren! Je gedrag is ongehoord! Je bent vergeten wat moraal is, wat respect en goede manieren zijn! Je bent geen knip voor de neus waard, je bent een slet zonder enig zelfrespect. Je hebt de naam van mijn hele familie bezoedeld, vanaf die van mijn voorouders tot die van dat vervloekte schepseltje dat je in je buik draagt!'

'Nee! Mijn kind is niet vervloekt!'

'Dat is het wel! Ik vervloek het! Het kind en jou, voor eeuwig!'

'Nee, alstublieft!'

Chencha kwam de keuken binnen en Mama Elena draaide zich om en verdween door dezelfde deur als waardoor ze gekomen was.

'Doe toch de deur dicht, meissie, voel je niet dat het hier ijskoud is? Het lijkt alsof je met je hoofd ergens anders ben de laatste tijd. Is er wat?'

Niets. Er was niets met haar aan de hand, behalve dat ze een maand over tijd was en dacht dat ze zwanger was, dat ze het John moest vertellen zodra hij terugkwam om met haar te trouwen, dat het huwelijk niet door kon gaan, dat ze de haciënda moest verlaten als ze het kind wilde houden, dat ze voorgoed afstand moest doen van Pedro omdat ze Rosaura niet nog meer pijn kon doen.

Dat was alles! Maar ze kon Chencha niets vertellen. Chencha was zo'n kletskous dat de volgende dag het hele dorp het zou weten. Ze gaf liever helemaal geen antwoord en veranderde plompverloren van onderwerp, zoals Chencha zelf altijd deed als Tita haar op een fout had betrapt.

'Wat verschrikkelijk! Het deeg rijst de pan uit. Laat me de krans afmaken, anders is het straks ineens donker en is hij nog niet klaar.'

Het deeg kwam nog niet boven de randen van de kom uit, maar het was de ideale smoes om Chencha's aandacht af te leiden.

Leg het deeg als het voor de tweede keer gerezen is op de tafel en vorm er een rol van. Als u wilt kunt u er wat gekonfijte vruchtjes in doen, anders alleen het porseleinen poppetje, op een willekeurige plaats. Maak van de rol een ring door beide uiteinden tegen elkaar te plaatsen. Leg de ring op een ingevet, met bloem bestoven bakblik, met de verbinding aan de onderkant. Laat bij het vormen van de krans voldoende ruimte over tussen het deeg en de rand van het bakblik, want hij moet nog een keer rijzen. Doe ondertussen de oven aan zodat het lekker warm blijft in de keuken terwijl het deeg voor de laatste keer opzwelt.

Voordat Tita het porseleinen poppetje in de krans stopte, bekeek ze het nauwkeurig. Volgens traditie wordt de driekoningenkrans op 6 januari 's avonds aangesneden en degene die het poppetje dat erin verborgen zit krijgt, moet een feest geven op 2 februari, op Maria-Lichtmis, de zuivering van Maria na de geboorte van Jezus. Toen ze nog heel klein waren, was deze traditie al in een soort wedstrijd tussen haar en haar zusjes veranderd. Degene die het geluk had het poppetje te krijgen werd door de andere twee benijd. 's Avonds mocht diegene dan een wens doen, met het poppetje stevig in de handen geklemd.

Terwijl ze nauwkeurig de fijne vormen van het poppetje bekeek, bedacht ze hoe gemakkelijk het is om dingen te wensen als je klein bent. Dan is niets onmogelijk. Wanneer je volwassen wordt, besef je wat je allemaal niet kunt wensen omdat het verboden of zondig is, of onfatsoenlijk.

Maar wat is fatsoen? Afzien van alles wat je werkelijk wilt? Ze wilde dat ze nooit volwassen was geworden en dat ze Pedro nooit had ontmoet en niet hoefde te wensen dat ze niet zwanger van hem was. Ze wilde dat haar moeder ophield met haar te kwellen, met haar overal te achtervolgen en tegen haar te schreeuwen dat haar gedrag verachtelijk was. Ze wilde dat Esperanza zou trouwen zonder dat haar moeder het kon verhinderen en dat ze nooit het verdriet en de pijn zou voelen die zij voelde. Ze wilde dat het meisje net als Gertrudis de kracht zou hebben om van huis weg te vluchten als dat nodig mocht zijn. Ze wilde dat Gertrudis weer naar huis kwam om Tita de steun te geven die ze op dat moment zo hard nodig had. Toen ze al deze wensen had gedaan stopte ze het poppetje in de krans en liet deze op de tafel liggen, zodat hij nog groter kon worden.

Wacht tot het deeg voor de derde keer is gerezen. Versier de krans dan met gekonfijte vruchtjes, bestrijk hem met losgeklopt ei en strooi er suiker over. Zet de krans dertig minuten in de oven en laat hem afkoelen.

Toen de krans klaar was, vroeg Tita Pedro haar te helpen hem naar de tafel te brengen. Dat had ze ook aan iemand anders kunnen vragen, maar ze moest hem onder vier ogen spreken.

'Pedro, ik moet met je praten.'

'Dat kan. Waarom ga je niet naar de donkere kamer? Daar kunnen we ongestoord praten. Ik wacht al dagen tot je daarheen gaat.'

'Wat ik te zeggen heb gaat juist over die ontmoetingen.'

Het gesprek werd onderbroken door Chencha, die binnenkwam om te zeggen dat de Lobo's net op het feest waren gearriveerd en dat ze voor het aansnijden van de driekoningenkrans slechts op hen zaten te wachten. Er bleef Tita en Pedro dus niets anders over dan het gesprek te staken en de krans naar de eetkamer te brengen, waar iedereen al vol spanning zat te wachten. In de gang zag Tita bij de deur van de eetkamer haar moeder staan, die haar een woedende blik toewierp. Tita verstijfde. Toen Mama Elena dreigend op Tita afkwam, begon Pulque te blaffen. De hond week achteruit, de haren op zijn rug recht overeind van angst. Hij was zo van slag dat hij met een achterpoot in de koperen kwispedoor ging staan die achter in de gang naast de varen stond. Toen hij probeerde weg te rennen viel het ding om, zodat de hele inhoud over de vloer liep.

Het kabaal dat dat veroorzaakte trok de aandacht van de twaalf gasten, die al in de salon bijeenzaten. Gealarmeerd liepen ze de gang op en Pedro moest hun uitleggen dat Pulque, misschien door ouderdom, de laatste tijd dit soort vreemde dingen deed, maar dat alles onder controle was. Paquita Lobo zag echter dat Tita op het punt stond flauw te vallen. Ze vroeg of iemand Pedro wilde helpen de krans naar de eetkamer te brengen, omdat Tita onwel was. Ze nam Tita bij haar arm en bracht haar naar de salon. Ze lieten haar vlugzout opsnuiven en even later was ze weer helemaal hersteld. Toen besloten ze naar de eetkamer te gaan. Voordat ze de salon verlieten hield Paquita Tita even tegen en vroeg: 'Voel je je nu beter? Je ziet nog wat bleek en je ogen...! Als ik niet heel goed wist dat je een fatsoenlijk meisje bent zou ik zweren dat je zwanger was.'

Tita probeerde die opmerking lachend terzijde te schuiven en antwoordde: 'Zwanger? Hoe kom je daar bij? En wat hebben mijn ogen daarmee te maken?'

'Als een vrouw zwanger is kan ik dat meteen aan haar ogen zien.'

Tita was Pulque er dankbaar voor dat hij haar opnieuw uit een moeilijke situatie redde. Doordat hij op de patio enorm tekeerging, hoefde ze het gesprek met Paquita niet voort te zetten. Behalve het geblaf van Pulque was het geluid van galopperende paarden te horen. Alle gasten waren echter al binnen. Wie kon dat zijn op dit uur? Tita liep snel naar de deur, opende die en zag hoe Pulque liep te kwispelstaarten naar iemand die een troep revolutionairen aanvoerde. Pas toen ze dichterbij waren gekomen, kon ze zien dat degene die de groep leidde niemand minder dan haar zus Gertrudis was. Naast haar reed Juan Alejandrez, nu generaal, dezelfde man die haar lang geleden had ontvoerd. Gertrudis steeg af en alsof ze gisteren nog thuis was geweest, zei ze ongedwongen dat ze wist dat vandaag de driekoningenkrans werd aangesneden en dat ze een goede kop vers geklopte chocolade kwam drinken. Tita omhelsde haar ontroerd en bracht haar meteen naar de tafel om haar wens in te willigen. Op de haciënda maakten ze chocolade zoals nergens anders. Ze besteedden de uiterste zorg aan de bereiding ervan, vanaf het maken van de chocolade tot aan het kloppen van de drank, wat een ander uiterst belangrijk hoofdstuk is. Door ondeskundigheid bij het kloppen kan de chocolade, ook al is hij van uitstekende kwaliteit, totaal verknoeid worden, omdat hij te kort of te lang heeft gekookt, of te dik of zelfs aangebrand is.

Het is heel eenvoudig om bovengenoemde fouten te vermijden: zet een reep chocolade met water op het vuur. Neem een beetje meer water dan nodig is om de beker waarin later de chocolade geserveerd wordt te vullen. Neem de pan zodra het water begint te koken van het vuur en laat de chocolade smelten. Klop met een houten klopper totdat de chocolade zich helemaal met het water heeft vermengd. Zet het mengsel weer op het vuur. Haal het eraf als het opnieuw begint te koken en omhoog komt. Zet het weer op en laat het een derde keer aan de kook komen. Neem de pan van het vuur en klop de chocolade. Giet de helft in een mok en klop het restant opnieuw. Doe dit dan ook in de mok, zodat er een dikke laag schuim op de chocolade ligt. De chocolade kan ook met melk in plaats van met water worden gemaakt. Dan hoeft hij maar één keer te koken en wordt hij daarna op het vuur geklopt, zodat hij niet te dik wordt. Met water is de chocolade lichter verteerbaar dan met melk.

Telkens als ze een slok nam van de chocolade die voor haar stond, sloot Gertrudis even haar ogen. Het leven zou veel prettiger zijn als je de geuren en smaken van het ouderlijk huis overal mee naartoe kon nemen. Maar dit was niet meer haar ouderlijk huis! Haar moeder was gestorven zonder dat zij dat wist.

Ze was heel verdrietig toen Tita het haar vertelde. Ze was teruggekomen met de bedoeling haar moeder te laten zien dat ze geslaagd was in het leven. Ze was nu *generaalse* van het revolutionaire leger. Die rang had ze op eigen kracht weten te bereiken, door keihard vechten op het slagveld. Het leiderschap zat haar in het bloed, dus eenmaal in het leger was ze al snel opgeklommen tot de hoogste positie. En dat niet alleen, ze was nu ook gelukkig getrouwd met Juan. Na elkaar een jaar niet te hebben gezien, hadden ze elkaar weer gevonden. Hun hartstocht van de dag dat ze elkaar hadden leren kennen was weer opgelaaid. Wat kon een mens nog meer verlangen! Wat had ze het fijn gevonden als haar moeder haar zo had gezien. En wat had zij haar moeder graag weer gezien, al was het alleen maar om zo'n blik van haar te krijgen waarmee ze Gertrudis te verstaan gaf dat ze de chocolade met haar servet van haar mond moest vegen.

De chocolade was bereid naar traditioneel recept. Gertrudis bad in stilte en met gesloten ogen dat Tita nog jaren zou leven om de familierecepten te maken. Zij noch Rosaura had de kennis om dat te doen, dus als Tita stierf zou het verleden van haar familie samen met haar sterven. Toen iedereen klaar was met eten, gingen ze naar de salon, waar het dansen begon. De salon was schitterend verlicht door een enorme hoeveelheid kaarsen. Juan ontroerde de gasten met zijn prachtige spel op de gitaar, de mondharmonica of de accordeon. Gertrudis tikte met de punt van haar laars op de grond het ritme van de liedjes die hij speelde.

Vanaf de andere kant van de salon stond ze trots naar hem te kijken, omringd door een schare bewonderaars, die haar bestookten met vragen over haar aandeel in de revolutie. Al sigaretten rokend vertelde ze hun allerlei fantastische verhalen over de veldslagen waaraan ze had deelgenomen. Met open mond werd er naar haar geluisterd toen ze vertelde over de eerste executie waartoe ze bevel had gegeven. Maar op een gegeven moment kon ze zich niet meer inhouden, ze onderbrak haar verhaal en schoot naar het midden van de salon, waar ze elegant de polka *Jesusita in Chihuahua* begon te dansen, door Juan meesterlijk vertolkt op de accordeon. Frivool schortte ze haar rok op tot aan haar knieën, wat zeer gewaagd was. Haar houding lokte bij de aanwezige vrouwen geschokte commentaren uit.

Rosaura fluisterde in Tita's oor: 'Waar zou Gertrudis dat gevoel voor ritme vandaan hebben? Mama hield niet van dansen en ze zeggen dat papa er niets van kon.'

Tita haalde haar schouders op, hoewel ze heel goed wist van wie Gertrudis haar gevoel voor ritme en andere dingen had geërfd. Ze had gedacht dit geheim mee te nemen in haar graf, maar het liep anders. Een jaar later bracht Gertrudis een halfbloed kind ter wereld. Juan was razend en dreigde haar te verlaten. Hij vergaf het Gertrudis niet dat ze in haar oude fout was vervallen. Om hun huwelijk te redden vertelde Tita toen alles. Wat een geluk dat ze de brieven met het 'zwarte verleden' van haar moeder niet had durven verbranden, want nu kwamen ze heel goed van pas om Gertrudis' onschuld te bewijzen.

Het was hoe dan ook een klap die moeilijk te verwerken was, maar ze scheidden tenminste niet. Ze bleven altijd bij elkaar en hadden vaker pret dan ruzie.

Zoals Tita wist hoe Gertrudis aan haar gevoel voor ritme kwam, wist ze ook hoe het kwam dat het huwelijk van haar andere zus was misgelopen en hoe het kwam dat ze zelf zwanger was geraakt.

Nu zou ze graag weten wat de beste oplossing was. Dat was het belangrijkste. Gelukkig had ze nu iemand aan wie ze haar zorgen kon toevertrouwen. Ze hoopte dat Gertrudis lang genoeg op de haciënda zou blijven om naar haar te kunnen luisteren en haar raad te geven. Chencha wilde daarentegen het tegenovergestelde. Ze was woedend op Gertrudis, nu ja, niet echt op haar maar op het werk dat de aanwezigheid van haar soldaten met zich meebracht. In plaats van plezier te maken op het feest, had ze die avond ineens een grote tafel op de patio moeten dekken en voor de vijftig soldaten van Gertrudis chocolade moeten maken.

Wordt vervolgd...

Volgende recept: GEBAKKEN PUDDINGBLOKJES

hoofdstuk 10

Oktober

Gebakken puddingblokjes

Ingrediënten:

een kop slagroom
6 eieren
kaneel
stroop

BEREIDING:

Breek de eieren en splits ze. Meng de zes eierdooiers met de room. Klop deze ingrediënten tot een luchtige massa en giet deze in een beboterde vuurvaste schaal. Het mengsel mag niet verder dan een vinger hoog komen. Zet de schaal op een zacht pitje en laat de massa stollen.

Tita maakte deze puddingblokjes op uitdrukkelijk verzoek van Gertrudis, want het was haar favoriete nagerecht. Ze had ze heel lang niet gegeten en wilde dat nog snel doen voordat ze morgen de haciënda verliet. Ze had slechts een week thuis doorgebracht, maar dat was al langer dan ze van plan was geweest. Terwijl Gertrudis de schaal invette waarin Tita de vla zou doen, stond haar mond geen ogenblik stil. Ze had zoveel te vertellen dat ze een maand lang onophoudelijk had kunnen doorpraten. Tita luisterde zeer aandachtig. Ze was namelijk als de dood dat Gertrudis op zou houden met praten, want dan zou zijzelf aan de beurt zijn. Ze wist dat ze nog maar één dag had om Gertrudis haar probleem te vertellen en hoewel ze dolgraag haar hart bij haar zus wilde uitstorten, wist ze niet hoe die zou reageren.

In plaats van dat het verblijf van Gertrudis en haar mannen haar handenvol werk had bezorgd, had het juist rust gegeven. Met het hele huis en de patio's vol mensen was het onmogelijk een gesprek met Pedro te voeren, laat staan hem in de donkere kamer te ontmoeten. Hierdoor voelde Tita zich een stuk kalmer, want ze was nog niet in staat met hem te praten. Eerst wilde ze goed bekijken welke oplossingen er voor het probleem van haar zwangerschap waren en een beslissing nemen. Aan de ene kant had je haar en Pedro, en aan de andere kant haar zus, die volkomen in het nadeel was. Rosaura had geen karakter, ze vond het heel belangrijk wat men van haar dacht. Bovendien was ze nog steeds dik en stonk ook nog steeds, want het middel dat Tita haar had gegeven had totaal niet geholpen. Wat zou er gebeuren als Pedro haar in de steek liet voor Tita? Hoezeer zou dat Rosaura aangrijpen? Wat zou er van Esperanza worden?

'Ik verveel je met mijn geklets, hè?'

'Natuurlijk niet, Gertrudis. Waarom denk je dat?'

'Gewoon, omdat ik zie dat je al een tijdje voor je uit zit te staren. Wat is er toch met je aan de hand? Het heeft met Pedro te maken, nietwaar?'

‘Ja.’

‘Als je nog steeds van hem houdt, hoe kun je dan met John trouwen?’

‘Ik ga niet meer met hem trouwen. Dat kan ik niet doen.’ Tita sloeg haar armen om Gertrudis heen en begon stilletjes tegen haar schouder aan te huilen.

Gertrudis streelde zachtjes haar haar, maar hield ondertussen de vla op het vuur in de gaten. Het zou zonde zijn als ze straks geen puddingblokjes kon eten. Toen de vla op het punt stond aan te branden, maakte ze zich van Tita los en zei heel lief tegen haar: ‘Laat me alleen even dit van het vuur halen, dan kun je straks weer doorhuilen. Goed?’

Tita moest onwillekeurig lachen omdat Gertrudis zich op dat moment meer zorgen maakte over de toekomst van de puddingblokjes dan over die van haar. Dat was natuurlijk heel begrijpelijk, want in de eerste plaats wist Gertrudis niet hoe ernstig het probleem van haar zus was, en in de tweede plaats had ze enorme zin in puddingblokjes.

Omdat Gertrudis haar hand had gebrand, droogde Tita haar tranen en nam zelf de schaal van het vuur.

Laat het gestolde eiermengsel afkoelen en snijd de pudding in kleine blokjes. Maak de blokjes niet te groot, anders breken ze. Klop nu de eiwitten. Wentel de puddingblokjes erdoorheen en bak ze daarna in olie. Giet er ten slotte stroop overheen en bestrooi ze met kaneel.

Terwijl ze zaten te wachten tot de pudding was afgekoeld zodat ze die door het eiwit konden halen, vertrouwde Tita Gertrudis al haar problemen toe. Eerst liet ze zien hoe gezwollen haar buik was, waardoor haar rokken niet meer dicht konden. Daarna vertelde ze dat ze ’s ochtends bij het opstaan misselijk en duizelig was. Dat haar borsten zo'n pijn deden dat niemand ze mocht aanraken. En uiteindelijk zei ze langs haar neus weg dat dit misschien, wie weet, waarschijnlijk kwam doordat ze een beetje zwanger was. Gertrudis hoorde haar rustig aan, zonder ook maar een moment van haar stuk te raken. In de revolutie had ze wel erger dingen gezien en gehoord.

'En weet Rosaura het al?'

'Nee, ik weet niet wat ze zou doen als ze achter de waarheid kwam.'

'De waarheid! De waarheid! Luister eens, Tita, de simpele waarheid is dat de waarheid niet bestaat. Het ligt er maar aan vanuit welk standpunt je iets bekijkt. In jouw geval zou de waarheid bijvoorbeeld kunnen zijn dat Rosaura zo gemeen was om met Pedro te trouwen, terwijl het haar geen sikkepit kon schelen dat jullie werkelijk van elkaar hielden. Waar of niet waar?'

'Dat is wel zo, maar zij is nu eenmaal zijn vrouw, en ik niet.'

'Wat doet dat er nou toe! Heeft dat huwelijk ook maar iets veranderd aan wat Pedro en jij werkelijk voor elkaar voelen?'

'Nee.'

'Nee toch? Nee, natuurlijk niet! Want jullie liefde is een van de waarste waarheden die ik ooit heb gezien. En zowel Pedro als jij heeft de fout begaan de waarheid te verzwijgen. Maar het is nog niet te laat. Luister, Mama is nu dood, en inderdaad, zij begreep dit soort dingen niet, maar bij Rosaura ligt het anders. Zij kent de waarheid heel goed en moet het begrijpen, sterker nog, ik denk dat ze het eigenlijk altijd begrepen heeft. Dus het enige dat jullie moeten doen is voor de waarheid uitkomen. Punt uit.'

'Je raadt me dus aan met haar te gaan praten?'

'Moet je eens goed luisteren. Wil je weten wat ik in jouw plaats zou doen? Dan zou ik die stroop voor mijn puddingblokjes maar eens gaan maken, dan zou ik een beetje opschieten, want ook een waarheid is dat het al laat wordt.'

Tita deed wat Gertrudis gezegd had en begon met het maken van de stroop, zonder ook maar een woord van haar zus te missen. Gertrudis zat tegenover de deur die toegang gaf tot de patio achter het huis. Tita zat aan de andere kant van de tafel, met haar rug naar de deur toe. Daardoor kon ze niet zien dat Pedro in de richting van de keuken kwam gelopen, met een grote zak met bonen voor de maaltijd van de soldaten. Met haar grote ervaring op het slagveld mat Gertrudis strategisch de tijd die het nog zou duren voordat Pedro over de drempel van de keukendeur zou stappen, om precies op dat moment de volgende woorden af te vuren: '... En daarom denk ik dat het goed zou zijn als Pedro wist dat je een kind van hem verwacht.'

Ze schoot precies in de roos. Als door de bliksem getroffen liet Pedro de zak op de vloer vallen. Hij stierf van liefde voor Tita. Die draaide zich geschrokken om en zag ineens Pedro, die met tranen in zijn ogen naar haar stond te kijken.

'Pedro, wat toevallig dat je net hier bent! Mijn zusje moet je iets zeggen. Waarom gaan jullie niet naar de boomgaard om te praten? Dan maak ik de stroop wel af.'

Tita wist niet of ze boos op Gertrudis moest zijn of haar voor haar tussenkomst moest bedanken. Straks zou ze met haar praten, maar nu zat er niets anders op dan dat met Pedro te doen. Zwijgend overhandigde Tita Gertrudis de pan waarin ze de stroop zou gaan maken, pakte uit de la van de tafel een verkreukeld papier waarop het recept stond en liet dit voor Gertrudis achter, voor het geval ze dat nodig zou hebben. Gevolgd door Pedro liep ze de keuken uit.

Natuurlijk had Gertrudis het recept nodig. Zonder dat zou ze nergens zijn! Ze begon het zorgvuldig te lezen en probeerde het stap voor stap uit te voeren. Klop één eiwit in een half *cuartillo* water voor iedere twee libra witte of bruine suiker, twee eiwitten in één cuartillo water op vijf libra suiker en in dezelfde verhouding voor grotere of kleinere hoeveelheden. Laat de stroop koken totdat hij driemaal omhoog is gekomen, waarbij je hem iedere keer dat hij omhoogkomt blust met een beetje koud water. Neem dan de pan van het vuur, laat de stroop afkoelen en schuim hem af; voeg er daarna nog wat water en een stukje sinaasappelschil aan toe, en anijs en kruidnagel naar smaak, en breng het geheel weer aan de kook. Schep nogmaals het schuim eraf en haal de stroop wanneer hij zogenaamd op 'bal' is door een fijne zeef of door een fijne doek die op een frame gespannen is. Gertrudis las het recept alsof ze hiëroglyfen aan het lezen was. Ze begreep niet hoeveel suiker er bedoeld werd met vijf libra of wat een cuartillo water was en al helemaal niet wat 'bal' was. Ze begreep alleen dat ze er geen bal van begreep! Daarom ging ze naar de patio om Chencha om hulp te vragen.

Chencha was bijna klaar met bonen opscheppen voor het ontbijt van de mannen van tafel vijf. Dit was de laatste tafel die ze moest bedienen, maar wanneer ze hier klaar was moest ze de volgende tafel alweer gaan dekken, want de revolutionairen die hun heilige ontbijt tot zich hadden genomen aan tafel één moesten nu gaan lunchen, en zo ging het maar door, tot tien uur 's avonds, wanneer ze de laatste tafel het avondeten serveerde. Het was dus volkomen begrijpelijk dat ze geweldig boos en geïrriteerd deed tegen iedereen die haar kwam vragen nog een extra karweitje te doen. Gertrudis vormde geen uitzondering op de regel, generaalse of niet. Chencha weigerde zeer resoluut haar te helpen. Ze maakte geen deel uit van haar troep en hoefde haar dus niet blindelings te gehoorzamen, zoals alle mannen die onder haar bevel stonden dat deden.

Even kwam Gertrudis in de verleiding naar haar zus te gaan, maar haar gezond verstand weerhield haar daarvan. Ze mocht Tita en Pedro nu onder geen beding storen. Dit waren misschien de meest beslissende momenten van hun leven.

Tita wandelde langzaam tussen de fruitbomen in de boomgaard. De geur van oranjebloesem vermengde zich met die van jasmijn, zo karakteristiek voor haar lichaam. Pedro hield haar teder bij haar arm vast.

'Waarom heb je het me niet gezegd?'

'Omdat ik eerst een beslissing wilde nemen.'

'En heb je die al genomen?'

'Nee.'

'Ik denk dat het goed is dat je voordat je die beslissing neemt weet dat het hebben van een kind met jou voor mij het grootste geluk is dat er bestaat. En om daarvan echt te kunnen genieten zou ik graag met jou heel ver hier vandaan gaan.'

'We mogen niet alleen aan onszelf denken. Rosaura en Esperanza zijn er ook nog. Wat moet er met hen gebeuren?'

Pedro kon daar geen antwoord op geven. Hij had nog geen moment aan hen gedacht, maar hij wilde hen zeker geen pijn doen en hij wilde zijn dochtertje blijven zien. Er moest een oplossing zijn die voor iedereen heilzaam was. Hij zou die moeten vinden. In ieder geval was hij van één ding zeker, Tita zou de haciënda niet met John Brown verlaten.

Ze schrokken ineens op van een geluid. Er liep iemand achter hen aan. Gauw liet Pedro Tita's arm los en keek steels achterom om te zien wie het was. Het bleek Pulque te zijn, die genoeg had van het geschreeuw van Gertrudis in de keuken en een betere plek zocht om te slapen. Niettemin besloten ze hun gesprek een andere keer voort te zetten. Door al die mensen overal in huis was het te riskant om over zulke persoonlijke dingen te praten.

In de keuken slaagde sergeant Treviño er maar niet in de stroop te maken zoals Gertrudis het wilde, wat voor bevelen ze hem ook gaf. Ze had er spijt van Treviño deze zo belangrijke opdracht te hebben toevertrouwd, maar toen Gertrudis aan een groepje rebellen had gevraagd of iemand wist hoeveel een libra was, had hij direct geantwoord dat een libra overeenkwam met 460 gram en een cuartillo met een kwart liter. Daarom had zij gedacht dat hij heel veel van koken wist, maar dat was dus niet zo.

Het was trouwens de eerste keer dat Treviño het liet afweten in iets dat zij hem opdroeg. Ze moest denken aan die keer dat er een spion ontmaskerd moest worden die in haar troep was geïnfiltreerd.

Een soldate, die zijn minnares was, was achter zijn activiteiten gekomen, maar voordat ze hem kon aangeven had hij haar meedogenloos neergeschoten. Toen Gertrudis terugkwam van een bad in de rivier, trof ze haar stervende aan. De soldate kon haar nog net een tip geven om de man te kunnen herkennen. De verrader had een rode vlek in de vorm van een spin in zijn kruis.

Gertrudis kon onmogelijk zelf alle mannen gaan controleren. Niet alleen zou men rare dingen van haar kunnen gaan denken, ook zou de verrader iets kunnen vermoeden en voor ze hem te pakken hadden kunnen vluchten. Dus droeg ze Treviño deze taak op. Ook voor hem was het geen eenvoudige opdracht. Als hij in het kruis van alle soldaten ging neuzen, zouden ze van hem nog erger dingen kunnen denken dan van Gertrudis. Daarom wachtte Treviño rustig af totdat ze in Saltillo waren.

Onmiddellijk na aankomst ging hij de bordelen van de stad af om alle prostituees voor zich te winnen, met de meest uiteenlopende kunsten. Maar Treviño's grootste kunst was wel dat hij de prostituees als dames behandelde, dat ze zich bij hem een koningin voelden. Hij gedroeg zich uiterst beleefd en galant tegenover hen; terwijl hij de liefde met hen bedreef citeerde hij verzen en gedichten. Zonder uitzondering vielen ze voor hem en waren ze bereid zich voor de revolutie in te zetten.

Op die manier duurde het slechts drie dagen voor de verrader was opgespoord. Met medewerking van zijn vriendinnen de hoeren werd er een val voor hem gezet. De verrader ging een van de kamers van het bordeel binnen in het gezelschap van een geblondeerd meisje, 'La Ronca' genaamd. Achter de deur stond Treviño hem op te wachten.

Deze trapte de deur dicht en met een agressie die men niet van hem kende sloeg hij de verrader dood. Vervolgens sneed hij met een mes de testikels van het levenloze lichaam af.

Toen Gertrudis hem vroeg waarom hij de man op zo brute wijze had gedood en niet gewoon met een kogel, antwoordde hij dat het een wraakactie was geweest. Lang geleden had een man met een rode vlek in de vorm van een spin in zijn kruis zijn moeder en zijn zusje verkracht. Dat had zijn zusje hem voor ze stierf verteld. Op deze manier was de eer van de familie hersteld. Dit was de enige barbaarse daad die Treviño ooit had gepleegd. Verder was hij een fijngevoelig en correct iemand, zelfs in het doden. Dat deed hij altijd met veel eergevoel. Sinds het voorval met de spion stond hij als een verwoed rokkenjager bekend. Dat was misschien niet ver bezijden de waarheid, maar zijn grote liefde was altijd Gertrudis geweest. Jarenlang probeerde hij haar tevergeefs te krijgen, zonder ooit de hoop te verliezen, totdat Gertrudis Juan weer tegenkwam. Toen besefte hij dat hij haar definitief had verloren. Nu was hij niet meer dan haar waakhond, die haar beschermde en geen moment uit het oog verloor.

Hij was een van haar beste soldaten op het slagveld, maar in de keuken had hij niets te zoeken. Toch vond Gertrudis het zielig hem weg te sturen, want Treviño was zeer gevoelig en wanneer zij hem een standje gaf ging hij zich daarna altijd bedrinken. Er zat dus niets anders op dan zich neer te leggen bij haar foute keuze en te proberen er het beste van te maken. Samen lazen ze heel zorgvuldig, stap voor stap, het bewuste recept en probeerden het te begrijpen.

'Als u de stroop zuiverder wilt, bijvoorbeeld om likeuren te zoeten, kantel dan de steelpan of pot waar hij in zit, laat het mengsel rusten en zet de pan weer rechtop, of giet de pot heel voorzichtig leeg zodat het bezinksel achterblijft.'

In het recept werd niet uitgelegd wat het stadium 'bal' was, dus beval Gertrudis de sergeant het op te zoeken in het grote kookboek dat op de keukenplank stond.

Treviño deed zijn best de gevraagde informatie te vinden. Hij kon echter nauwelijks lezen en ging met zijn vinger langzaam langs de woorden in het boek, onder de ongeduldige blik van Gertrudis.

'Bij de bereiding van stroop worden verschillende stadia onderscheiden: kleine draad, grote draad, kleine kraak, kraak, grote kraak, slappe bal, bal...'

'Eindelijk! Hier staat bal, generaalse!'

'Laat maar eens zien! Ik had de hoop al opgegeven!' Luid en duidelijk las Gertrudis de sergeant de aanwijzingen voor.

'Om te weten of de stroop dit punt heeft bereikt, moet men twee vingers in een beker of kan met koud water nat maken, de stroop pakken en dan snel de vingers weer in het water steken. Als de stroop na afkoeling tot een soepele bal kan worden gevormd, is hij tot het punt "bal" ingekookt. Heb je het begrepen?'

'Ja, ik geloof van wel, generaalse.'

'Dat is je geraden ook, want anders laat ik je fusilleren!'

Gertrudis was er ten slotte in geslaagd alle informatie die ze zocht te vergaren. Nu moest alleen de sergeant de stroop nog goed klaarmaken en dan kon ze eindelijk haar felbegeerde puddingblokjes eten.

Zich zeer bewust van de dreiging die hem boven het hoofd hing als hij niet op de juiste wijze voor zijn superieur zou koken, volbracht Treviño ondanks zijn gebrek aan ervaring zijn taak.

Iedereen maakte hem complimenten. Treviño was dolgelukkig. Hij ging zelf naar Tita's kamer om haar namens Gertrudis een paar puddingblokjes te laten proeven. Tita was niet naar beneden gekomen om te eten en had de middag in bed doorgebracht. Treviño ging haar kamer binnen en zette de puddingblokjes op een tafeltje dat Tita altijd gebruikte wanneer ze dáár en niet in de eetkamer wilde eten. Ze bedankte hem voor zijn attente gebaar en feliciteerde hem: de blokjes waren werkelijk verrukkelijk. Treviño zei dat het hem speet dat Tita zich niet goed voelde, want dat hij haar heel graag ten dans had gevraagd op het feest dat op de patio voor het afscheid van generaalse Gertrudis werd georganiseerd. Tita zei hem dat als ze zich goed genoeg voelde om naar het feest te gaan, heel graag met hem zou dansen. Treviño ging gauw weer haar kamer uit om vol trots aan de hele troep te gaan vertellen wat Tita had gezegd.

Toen de sergeant vertrokken was, ging Tita weer liggen. Ze had helemaal geen zin om op te staan; door de pijn in haar buik kon ze niet lang rechtop zitten.

Tita dacht aan de ontelbare keren dat ze tarwe, bonen, alfalfa en andere zaden of granen had laten ontkiemen, zonder enig idee te hebben wat die voelden wanneer ze groeiden en zo radicaal van vorm veranderden. Nu voelde ze bewondering voor de bereidheid waarmee ze hun schil openden en het water vrijelijk tot zich lieten doordringen totdat ze openbarstten om het leven door te laten. Hoe trots lieten ze het eerste puntje van de wortel uit hun binnenste naar buiten komen, hoe nederig legden ze hun vroegere vorm af, hoe charmant lieten ze hun bladeren aan de wereld zien. Tita zou het heerlijk vinden om een zaadje te zijn. Ze zou dan aan niemand een verklaring hoeven afleggen over wat er in haar binnenste groeide en de wereld haar ontkiemde buik kunnen laten zien zonder zich bloot te stellen aan de afkeuring van de maatschappij. Zaadjes hadden dit soort problemen niet; ze hadden vooral geen moeder om bang voor te zijn en geen angst om veroordeeld te worden. Goed, theoretisch gesproken had Tita ook geen moeder, maar nog steeds kon ze het gevoel niet van zich afzetten dat er elk moment een ongenadige straf vanuit het hiernamaals op haar zou kunnen neerdalen, voorgestaan door Mama Elena. Ze kende dit gevoel maar al te goed: het hing nauw samen met de angst die ze bij het koken had wanneer ze zich niet precies aan de recepten hield. Ze was er dan altijd van overtuigd dat Mama Elena erachter zou komen en haar een uitbrander zou geven omdat ze zich niet aan de regels had gehouden, in plaats van haar creativiteit te prijzen. Maar ze kon de verleiding niet weerstaan om de strakke regels die haar moeder haar in de keuken en ook in het leven oplegde te overtreden.

Een tijdlang bleef ze onbeweeglijk op haar rug liggen. Ze stond pas op toen ze Pedro onder haar raam een liefdeslied hoorde zingen. Met één sprong was Tita bij het raam en deed het open. Waar haalde Pedro het lef vandaan! Maar zodra ze hem zag, begreep ze het. Van mijlenver kon je zien dat hij stomdronken was. Juan stond naast hem en begeleidde hem op de gitaar.

Tita schrok zich dood. Als Rosaura nu maar al sliep, anders zou er heibel komen!

Mama Elena kwam woedend haar kamer binnen en zei: 'Zie je nu wat ervan komt? Pedro en jij moesten je schamen. Als je niet wilt dat er bloed in dit huis zal vloeien, ga dan ergens heen waar je niemand kwaad doet, voor het te laat is.'

'U bent degene die weg moet gaan. Ik heb er genoeg van door u gekweld te worden. Laat me voor eeuwig met rust!'

'Dat zal ik pas doen als jij je als een nette vrouw gedraagt, fatsoenlijk dus!'

'Wat is dat, je fatsoenlijk gedragen? Zoals u zich gedroeg?'

'Ja.'

'Nou, dat doe ik toch! Of had u soms geen onwettig kind?'

'Je zult verdoemd worden omdat je zo tegen me spreekt!'

'Niet meer dan u verdoemd bent!'

'Hou je mond! Wie denk je wel dat je bent?'

'Ik weet heel goed wie ik ben. Iemand die het recht heeft haar leven te leiden zoals zij dat wil. Laat me voorgoed met rust! Ik kan u niet meer zien! Erger nog, ik haat u, ik heb u altijd gehaat!'

Tita sprak deze magische woorden om Mama Elena voor eeuwig te doen verdwijnen. Het indrukwekkende beeld van haar moeder begon kleiner en kleiner te worden, tot het veranderd was in een lichtstip. Naarmate de spookgestalte ineenschrompelde, nam de opluchting in Tita's lichaam toe. De zwelling van haar buik en de pijn in haar borsten begonnen minder te worden. De spieren in het centrum van haar lichaam ontspanden zich en gaven haar overvloedige menstruatie ineens ruim baan.

Deze ontlading, na zoveel dagen, verlichtte haar pijn. Ze haalde diep en opgelucht adem. Ze was niet zwanger.

Maar daarmee waren haar problemen nog niet opgelost. Het kleine lichtje dat van het beeld van Mama Elena was overgebleven begon ineens heel snel rond te draaien. Het vloog dwars door het raam naar de patio, als een dol geworden voetzoeker. Pedro was zich in zijn dronkenschap niet van het gevaar bewust. Zielstevreden stond hij

Sterretje, van Manuel M. Ponce, onder Tita's raam te zingen, omringd door revolutionairen die al even beschonken waren. Ook Gertrudis en Juan voelden het onheil niet aankomen. Als twee verliefde schoolkinderen dansten ze bij het licht van een van de vele olielampen die voor het feest overal op de patio waren neergezet. Plotseling cirkelde de voetzoeker met duizelingwekkende vaart op Pedro af en knalde tegen de dichtstbijzijnde olielamp aan. Deze viel aan diggelen. Razendsnel verspreidde de olie de vlammen over het gezicht en het lichaam van Pedro.

Tita had net de nodige maatregelen voor haar menstruatie getroffen, toen ze het tumult hoorde dat door het ongeluk van Pedro werd veroorzaakt. Ze holde naar het raam, gooide het open en zag Pedro over de patio rennen, brandend als een menselijke fakkel. Toen was Gertrudis bij hem. In één beweging trok ze haar rok uit, wierp deze over Pedro heen en gooide hem met rok en al op de grond.

Tita wist niet hoe ze de trap was afgekomen, maar in twintig seconden was ze bij Pedro. Gertrudis trok hem op dat moment zijn walmende kleren uit. Pedro jankte van pijn. Hij had brandwonden over zijn hele lichaam. Een paar mannen tilden hem voorzichtig op om hem naar zijn kamer te brengen. Tita pakte die hand van Pedro waar geen brandwonden op zaten en bleef bij hem. Toen ze de trap opliepen, deed Rosaura de deur van haar kamer open.

Onmiddellijk rook ze een scherpe geur van verbrande veren. Ze wilde de trap aflopen om te zien wat er aan de hand was en stuitte toen op het groepje dat Pedro, in een wolk van rook, naar boven droeg. Tita liep naast hem te snikken. Rosaura's eerste reactie was om naar haar man toe te rennen om hem te helpen.

Tita probeerde haar hand uit die van Pedro te trekken zodat Rosaura naar hem toe kon gaan. Maar voor het eerst openlijk voor zijn liefde uitkomend, riep Pedro kreunend: 'Tita, ga niet weg. Laat me niet alleen.'

'Nee, Pedro, dat zal ik niet doen.'

Tita pakte Pedro's hand weer vast. Rosaura en Tita keken elkaar één moment uitdagend aan. Toen begreep Rosaura dat zij daar niets te zoeken had. Ze ging haar kamer in, deed de deur op slot en kwam er een week niet meer uit.

Omdat Tita niet van Pedro's zijde mocht of wilde wijken, beval ze Chencha geklopt eiwit met olie en flink wat fijngestampte rauwe aardappels te brengen. Dat was volgens haar het beste middel tegen brandwonden. Het eiwit wordt met een fijne veer op de gewonde plek gestreken, en telkens wanneer het smeersel is opgedroogd moet het opnieuw worden aangebracht. Daarna moet er een papje van fijngestampte rauwe aardappels op de plek worden gedaan, om de ontsteking tegen te gaan en de pijn te verminderen.

Tita was de hele nacht met deze middeltjes in de weer.

Terwijl ze het papje van aardappelen aanbracht, keek ze naar het dierbare gezicht van Pedro. Er was niets meer over van zijn borstelige wenkbrauwen en zijn lange wimpers. Zijn vierkante kin was door de zwelling nu ovaal van vorm. Het kon Tita niets schelen als er iets van het ongeluk te zien zou blijven, maar Pedro zelf misschien wel. Hoe kon ze voorkomen dat hij littekens zou houden? Nacha gaf haar het antwoord, dat ze op haar beurt van 'Ochtendgloren' had gekregen: het beste in dit geval was om schors van de *tepezcohuite*-boom op de plekken te leggen. Tita holde naar de patio en zonder zich erom te bekommeren dat het midden in de nacht was, haalde ze Nicolás uit zijn bed en beval hem deze schors te bemachtigen, met behulp van de beste medicijnman uit de omgeving. Het werd al bijna licht toen ze er eindelijk in slaagde Pedro's pijn wat te verminderen en hij even in slaap viel. Ze maakte van dat moment gebruik om de kamer uit te gaan om afscheid van Gertrudis te nemen, want ze had al een tijdje de voetstappen en stemmen van haar soldaten gehoord terwijl die de paarden gereedmaakten voor vertrek.

Gertrudis praatte lang met Tita. Het speet haar dat ze niet kon blijven om haar in deze moeilijke situatie te helpen, maar ze had het bevel gekregen Zacatecas aan te vallen. Gertrudis dankte haar voor de gelukkige ogenblikken die ze in haar gezelschap had doorgebracht, raadde haar aan voor Pedro te blijven vechten en gaf haar voordat ze afscheid nam een recept dat de vrouwen in het leger gebruikten om niet zwanger te worden: na iedere gemeenschap wasten ze zich met gekookt water met een paar druppels azijn. Juan kwam bij hen staan en onderbrak hun gesprek om tegen Gertrudis te zeggen dat het tijd was om te gaan.

Juan omhelsde Tita stevig en vroeg haar Pedro van harte beterschap te wensen. Tita en Gertrudis omhelsden elkaar geëmotioneerd. Gertrudis klom op haar paard en reed weg. Maar niet alleen: in haar zadeltas had ze haar jeugd in een blikje met puddingblokjes bij zich.

Tita keek hen met tranen in haar ogen na. Chencha ook, maar in tegenstelling tot Tita huilde zij tranen van geluk. Nu kon ze eindelijk uitrusten!

Toen Tita het huis weer wilde binnen gaan, hoorde ze Chencha schreeuwen: 'Nee toch! Ze komen nu alweer terug.'

Het leek inderdaad alsof een van de soldaten naar de haciënda terug kwam rijden, maar door het stof dat de paarden bij hun vertrek hadden opgeworpen konden ze niet goed zien wie het was.

Na lang turen herkenden ze tot hun genoegen het rijtuig van John. Toen Tita hem zag, raakte ze totaal in verwarring. Ze wist niet wat ze moest doen en tegen hem moest zeggen. Aan de ene kant vond ze het heel leuk om hem te zien, aan de andere kant voelde ze zich heel naar omdat ze haar huwelijksbelofte moest breken. John kwam met een grote bos bloemen naar haar toe. Hij omhelsde haar ontroerd, maar toen hij haar kuste merkte hij dat er iets in Tita veranderd was.

Wordt vervolgd...

Volgende recept: BRUINE BONEN MET CHILI À LA TEZCUCANA

hoofdstuk 11

November

Bruine bonen met chili à la Tezcucana

Ingrediënten:

bruine bonen
varkensvlees
kaantjes
ancho chili's
ui
geraspte kaas
sla
avocado
radijzen
serrano chili's
olijven

BEREIDING:

Eerst moeten de bonen even worden gekookt in water waaraan wat zuiveringszout is toegevoegd; was ze daarna en breng ze samen met het in stukjes gesneden varkensvlees en de kaantjes opnieuw aan de kook.

Het eerste dat Tita deed toen ze om vijf uur 's ochtends was opgestaan was de bonen opzetten.

Vandaag zouden John en zijn tante Mary komen eten, die speciaal uit Pennsylvania was gekomen om de bruiloft van Tita en John bij te wonen. Tante Mary wilde de verloofde van haar lievelingsneef dolgraag ontmoeten, maar gezien de slechte toestand van Pedro was daar tot nu toe geen gelegenheid voor geweest. John en tante Mary hadden hun bezoek een week uitgesteld, zodat Pedro de tijd had om te herstellen. Het liefst had Tita het hele bezoek afgezegd, maar dat was onmogelijk omdat de tante van John al tachtig was en van zover was gekomen enkel en alleen om haar te ontmoeten. Tante Mary een goede maaltijd voorzetten was wel het minste dat ze voor de aardige oude dame en John kon doen. Ze had hun echter niet meer te bieden dan het nieuws dat ze niet met John zou trouwen. Ze voelde zich helemaal leeg, als een schaal waarop slechts nog de kruimels lagen van wat eens een heerlijke taart was geweest. Ze keek of er nog eten in de voorraadkast lag, maar nee, er was echt niets meer in huis. Door Gertrudis' bezoek aan de haciënda waren alle voorraden op. In de graanschuur lagen, behalve maïs om een paar lekkere tortilla's te maken, alleen nog wat rijst en bonen. Maar als ze haar best deed en haar fantasie gebruikte zou ze daarmee toch nog een respectabele maaltijd kunnen maken. Met een schotel van rijst met bananen en bonen à la Tezcucana zou ze prima voor de dag kunnen komen.

Omdat de bonen niet zo vers waren als anders en ze dus voorzag dat ze meer tijd nodig hadden dan gewoonlijk om gaar te worden, zette ze ze al heel vroeg op. Terwijl de bonen stonden te koken verwijderde ze alvast de lijsten en zaadjes van de ancho chili's. Week de schoongemaakte chili's in warm water en maal ze ten slotte fijn.

Meteen nadat ze de chili's in de week had gezet, maakte Tita het ontbijt voor Pedro klaar en bracht het naar zijn kamer. Zijn brandwonden waren al voor een groot deel genezen. Tita had er steeds opnieuw *tepezcohuite*-schors opgelegd en daarmee had ze voorkomen dat Pedro littekens zou overhouden. John was het volledig eens geweest met deze behandeling. Uit nieuwsgierigheid zette hij de proeven met deze schors, waarmee zijn grootmoeder 'Ochtendgloren' ooit was begonnen, nog steeds voort. Pedro keek vol verlangen naar Tita's komst uit. Behalve de verrukkelijke maaltijden die zij hem dagelijks bracht, was er nog een ander aspect dat in belangrijke mate tot zijn verbazend snelle herstel bijdroeg: de gesprekken die hij na het eten met haar voerde. Maar deze ochtend had Tita geen tijd voor hem, ze wilde een zo lekker mogelijk maal voor John koken. In een vlaag van jaloezie zei Pedro: 'In plaats van hem te eten uit te nodigen zou je hem eindelijk eens moeten vertellen dat je niet met hem trouwt omdat je een kind van mij verwacht.'

'Dat kan ik hem niet vertellen, Pedro.'

'O nee? Ben je soms bang het doktertje pijn te doen?'

'Ik ben heus niet bang, maar het zou erg onrechtvaardig zijn John zo te behandelen. Hij verdient al mijn respect en ik moet het juiste moment afwachten om met hem te praten.'

'Als jij het zelf niet doet, dan zal ik het doen.'

'Nee, jij vertelt hem helemaal niets. In de eerste plaats omdat ik het je verbied en in de tweede plaats omdat ik niet zwanger ben.'

'Wát zeg je?'

'Ik dacht dat ik zwanger was, maar ik was alleen maar ontregeld. Nu is alles weer normaal.'

'Dus dat is het! Nu begrijp ik heel goed wat er aan de hand is. Je wilt niet met John praten omdat je twijfelt tussen bij mij blijven en met hem trouwen, nietwaar? Nu ben je niet meer aan mij, een zielige patiënt, gebonden.'

Tita begreep niet wat hem bezielde; hij leek wel een driftig klein kind. Hij praatte alsof hij zijn hele leven ziek zou blijven en zo ernstig was zijn toestand nu ook weer niet; binnenkort zou hij weer helemaal beter zijn. Het moest door het ongeluk komen dat hij zo veranderd was. Misschien zat zijn hoofd vol met de rook van zijn brandwonden en lanceerden zijn geblakerde hersenen deze zwarte gedachten, zoals aangebrand brood een onaangename geur door het hele huis verspreidt. Daardoor kwam het misschien dat hij, terwijl hij anders altijd zo vriendelijk was, nu zulke onuitstaanbare dingen zei. Hoe kon hij in vredesnaam aan haar twijfelen; hoe kon zijn gedrag, dat altijd gekenmerkt was geweest door voorkomendheid jegens anderen, nu ineens helemaal omgeslagen zijn. Boos liep ze de kamer uit, maar voordat ze de deur had dichtgedaan schreeuwde Pedro haar toe dat zij hem geen eten meer hoefde te brengen, dat ze Chencha maar moest sturen, zodat zij alle tijd had om John te zien.

Tita ging woedend naar de keuken om te ontbijten. Dat had ze nog niet gedaan, want voordat ze met haar dagelijkse bezigheden begon, wilde ze altijd eerst Pedro verzorgen. En wat was het resultaat? Dat Pedro in plaats van haar erkentelijk te zijn reageerde zoals daarnet, door haar te kwetsen en onheus te behandelen. Pedro was definitief in een egoïstisch, jaloers monster veranderd.

Ze maakte een paar chilaquiles en ging aan tafel zitten om ze op te eten. Ze at niet graag alleen, maar de laatste tijd moest ze wel. Pedro kon zijn bed niet uit, Rosaura had zich zonder eten op haar kamer opgesloten en wilde er niet uitkomen en Chencha had na de geboorte van haar eerste kind een paar dagen vrij genomen.

De chilaquiles smaakten haar dus niet zo goed als anders: er ontbrak iets aan. Plotseling hoorde ze voetstappen. De deur van de keuken ging open en daar stond Rosaura.

Tita was verrast toen ze haar zag. Ze was net zo slank als voor haar trouwen. Door slechts één week niet te eten! Het leek onmogelijk dat ze dertig kilo was kwijtgeraakt in zeven dagen, maar het was zo. Hetzelfde was gebeurd toen ze naar San Antonio waren verhuisd: ze was daar snel afgevallen, maar zodra ze op de haciënda terug was begon ze weer uit te dijen!

Rosaura kwam met een hooghartig gezicht binnen en ging tegenover Tita zitten. Het uur van de confrontatie met haar zus was aangebroken, maar het zou niet Tita zijn die met ruziemaken begon. Ze trok haar bord naar zich toe, nam een slokje koffie en begon zorgvul- dig de randjes van de tortilla's die ze voor de chilaquiles had gebruikt in stukjes te breken.

Ze braken altijd van alle tortilla's die ze aten de randjes af om die aan de kippen te geven. Met hetzelfde doel verkruimelden ze altijd de restjes brood. Rosaura en Tita keken elkaar strak aan en bleven zo zitten totdat Rosaura ten slotte het gesprek begon.

'Ik geloof dat wij eens moeten praten, vind je ook niet?'

'Ja, dat vind ik ook. En ik vind dat al sinds jij met mijn vriendje trouwde.'

'Goed, als je dat wilt beginnen we daar. Jij had tegen de regels in een vriendje. Dat mocht helemaal niet.'

'Van wie mocht dat niet? Van Mama Elena niet of van jou niet?'

'Het was tegen de familietraditie, waarmee jij hebt gebroken.'

'En die ik zolang die traditie geen rekening met mij houdt net zo vaak zal breken als nodig is. Ik had net zoveel recht om te trouwen als jij, en jij had zeker niet het recht tussen twee mensen te gaan staan die veel van elkaar hielden.'

'Nou, maar ook weer niet zóveel. Je hebt gezien hoe snel Pedro jou voor mij inruilde. Ik trouwde met hem omdat hij dat wilde. En als je maar een greintje trots had gehad, had je hem voorgoed uit je hoofd gezet.'

'Nou, voor jouw informatie, hij trouwde alleen met jou om dicht bij mij te kunnen zijn. Hij hield niet van je en dat wist je heel goed.'

'Luister, laten we het niet over het verleden hebben, het interesseert me niet waarom Pedro met me getrouwd is. Hij trouwde met me en daarmee uit. En ik duld niet dat jullie twee de spot met mij drijven, hoor je me! Dat zal ik niet dulden.'

'Niemand probeert de spot met je te drijven, Rosaura. Je begrijpt het niet.'

'O nee? Ik begrijp heel goed wat jij doet wanneer je voor het oog van iedereen van de haciënda aan Pedro's bed gaat zitten huilen en liefdevol zijn hand vasthoudt. Weet je wat je dan doet? Je zet me voor gek! Wat jij hebt gedaan is onvergeeflijk! En luister, het zal mij een zorg zijn of Pedro en jij naar de hel gaan omdat jullie overal in huis stiekem hebben zitten zoenen. Sterker nog, vanaf nu mogen jullie je gang gaan. Zolang niemand het merkt kan het mij niets schelen. Pedro zal het voortaan met een ander moeten doen, want mij zal hij met geen vinger meer aanraken. Ik heb wél mijn waardigheid! Laat hij jou of welke andere meid dan ook voor zijn walgelijke praktijken nemen, maar, begrijp dat goed, hier in huis ben en blijf ik zijn vrouw. En voor de ogen van de buitenwereld ook. Want als iemand jullie ooit samen ziet en ik weer voor schut sta, dan zal het jullie berouwen, dat verzeker ik je!'

Het geschreeuw van Rosaura vermengde zich met het tergende gekrijs van Esperanza. Het kind was al een poosje aan het huilen, maar geleidelijk aan was het gesnik steeds luider geworden en nu was het ondraaglijk. Ze wilde natuurlijk eten. Rosaura stond langzaam op en zei: 'Ik ga mijn kind eten geven. Vanaf nu wil ik niet meer dat jij dat doet, je zou haar nog besmetten. Van jou zou ze alleen een slecht voorbeeld en slechte raad krijgen.'

'Van één ding kun je zeker zijn. Ik zal niet dulden dat je je dochter vergiftigt met de ideeën uit dat zieke hoofd van jou. En ik zal niet toestaan dat je haar leven ruïneert door haar te dwingen zich aan een of andere stomme traditie te houden!'

'O nee? En hoe ga jij dat tegenhouden? Je denkt zeker dat ik je nog de kans geef bij haar in de buurt te komen, nou, vergeet het maar. Heb je ooit gezien dat vrouwen van de straat bij meisjes van fatsoenlijke families gelaten werden?'

'Ga me nu niet vertellen dat je onze familie fatsoenlijk vindt!'

'Mijn gezin is dat zeker. En om dat zo te houden verbied ik je nog in de buurt van mijn dochter te komen. Anders zal ik me genoodzaakt zien je het huis uit te gooien, dat mama per slot van rekening aan mij heeft nagelaten. Begrepen?'

Rosaura liep met de pap die Tita had gemaakt de keuken uit om Esperanza eten te geven. Ze had Tita niet harder kunnen treffen. Ze had haar tot in het diepst van haar ziel gekwetst.

Voor haar was Esperanza één van de belangrijkste dingen op deze wereld. Wat deed dit pijn! Terwijl ze het laatste stukje tortilla dat ze in haar handen had brak, wenste ze vurig dat haar zus door de aarde zou worden opgeslokt. Dat was het minste wat ze verdiende.

Tijdens de ruzie met Rosaura had ze de stukjes tortilla steeds kleiner gemaakt, zodat er nu alleen nog maar kruimels over waren. Woedend veegde ze de kruimels op een bord en ging naar buiten om ze aan de kippen te geven, zodat ze daarna met de bonen verder zou kunnen gaan. De hele waslijn op de patio hing vol met de helwitte luiers van Esperanza. Het waren schitterende luiers. Alle vrouwen in huis waren middagen lang bezig geweest met het borduren van de randen. Ze wapperden in de wind en leken net schuimende golven. Tita wendde haar blik van de luiers af. Als ze de maaltijd op tijd klaar wilde hebben, moest ze vergeten dat het meisje voor het eerst zonder haar at. Ze ging weer naar de keuken om de bonen verder te bereiden.

Bak de fijngesneden ui in reuzel. Voeg als hij glazig is de gemalen ancho chili's en zout naar smaak toe. Laat dit alles even bakken en doe er dan de bonen, het vlees en de kaantjes bij.

Het was zinloos te proberen Esperanza uit haar hoofd te zetten. Terwijl Tita de bonen overdeed in de braadpan, moest ze denken aan hoe lekker het kind het kooknat van bonen vond. Om haar dat te geven, zette Tita het meisje op schoot, bond haar een groot servet voor en voerde het haar met een zilveren lepeltje. Wat was ze blij geweest toen ze op een dag de lepel tegen het puntje van Esperanza's eerste tand hoorde stoten. Nu kwamen er nog twee tandjes aan. Tita zorgde er altijd voor ze niet te raken wanneer ze Esperanza voerde. Als Rosaura dat ook maar deed! Maar wat wist zij er nu helemaal van! Ze had het nooit eerder gedaan. Ze wist waarschijnlijk ook niet dat ze slablaadjes in haar badje moest doen, zodat ze 's nachts rustig sliep, of hoe ze haar moest aankleden, kussen, liefkozen en in slaap moest wiegen zoals Tita het altijd deed. Tita bedacht dat ze misschien het beste de haciënda kon verlaten. Pedro had haar teleurgesteld en zonder haar kon Rosaura haar leven opnieuw inrichten. Bovendien moest het kind vroeg of laat toch aan haar eigen moeder wennen. Als Tita steeds meer aan het kind gehecht raakte, zou ze net zoveel pijn moeten doorstaan als destijds met Roberto. Het was hopeloos, dit was niet haar gezin en het kind zou haar elk moment kunnen worden afgenomen, net zo gemakkelijk als een steentje uit de bonen verwijderd kan worden. John daarentegen bood haar de kans zelf een gezin te stichten, dat niemand haar zou afnemen. Hij was een fantastische man en hij hield veel van haar. Het zou haar niet moeilijk vallen om, in de loop van de tijd, ook veel om hem te gaan geven. Haar gedachten werden onderbroken door de kippen, die op de patio een enorm spektakel maakten. Het leek alsof ze dol geworden waren of zich verbeeldden kemphanen te zijn. Ze pikten elkaar, vechtend om de laatste stukjes tortilla die nog op de grond lagen. Ze gingen elkaar te lijf en sprongen daarbij fladderend alle kanten op. Eén van hen, de felste van allemaal, pikte als ze de kans kreeg de andere de ogen uit, waardoor de luiers van Esperanza vol bloedspetters kwamen. Hevig geschrokken probeerde Tita een einde aan het gevecht te maken door een emmer water over de kippen heen te gooien. Daarmee bereikte ze slechts dat de kippen nog kwader werden en nog meer lawaai maakten. Ze vormden een kring, waarbinnen ze elkaar in duizelingwekkende vaart achternajoegen. Plotseling zaten de kippen gevangen in een maalstroom van veren, stof en bloed die ze zelf met hun dwaze geren opwekten en konden ze zich niet meer bevrijden uit deze wervelwind, die steeds sneller en sneller rondcirkelde om ten slotte te veranderen in een machtige tornado die alles op zijn weg meesleurde, te beginnen met de dichtstbijzijnde voorwerpen, in dit geval de luiers van Esperanza aan de waslijn op de patio. Tita probeerde nog een paar luiers te redden, maar toen ze ze wilde grijpen werd ze zelf door de machtige wervelwind meegesleurd. Hij tilde haar een paar meter van de grond, liet haar te midden van de woedend pikkende kippen drie helse rondjes draaien en smeet haar ten slotte aan de andere kant van de patio op de grond, waar ze als een zak aardappelen neerkwam.

Doodsbang bleef Tita plat op haar buik liggen. Ze durfde zich niet te verroeren. Als de wervelwind haar weer zou vangen, liep ze het risico dat de kippen haar een oog uitpikten. De wervelwind van kippen boorde zich in de grond. Er ontstond een diep gat, waarin de meeste kippen voorgoed verdwenen. Ze werden door de aarde verzwolgen. Drie kale, manke kippen overleefden het gevecht. De luiers overleefden het geen van alle.

Tita klopte het stof van zich af en keek om zich heen: er was geen spoor van de kippen. Wat haar het meest zorgen baarde was dat de luiers die ze met zoveel liefde hadden geborduurd verdwenen waren. Ze zouden snel vervangen moeten worden. Nu ja, welbeschouwd was het niet haar probleem; Rosaura had toch gezegd dat ze niet meer in de buurt van Esperanza mocht komen? Dus dan moest zij dit probleem maar oplossen en dan zou Tita haar eigen problemen wel oplossen. Voorlopig was dat slechts dat ze de maaltijd voor John en tante Mary moest afmaken.

Ze ging naar de keuken met het idee de laatste hand te leggen aan de bonen, maar wie schetst haar verbazing toen ze zag dat de bonen, ondanks het feit dat ze al uren op het vuur stonden, nog niet gaar waren.

Er was iets vreemds aan de hand. Tita herinnerde zich dat Nacha altijd zei dat als twee of meer mensen ruziemaakten terwijl ze *tamales* aan het bereiden waren, deze rauw bleven. Er konden dagen voorbijgaan zonder dat ze gaar werden, want de tamales waren boos. Om hen tevreden te stellen zodat ze wel gaar wilden worden, moest je voor hen zingen. Tita nam aan dat er met de bonen hetzelfde aan de hand was; ze waren immers bij de ruzie tussen haar en Rosaura aanwezig geweest. Er bleef haar dus niets anders over dan te proberen hun gemoedstoestand te veranderen en hen liefdevol toe te zingen. Ze had nog maar weinig tijd om de maaltijd voor de gasten te maken.

Het beste kon ze in haar geheugen zoeken naar een moment waarop ze enorm gelukkig was geweest en dat al zingend opnieuw beleven. Ze sloot haar ogen en zette een wals in met de tekst: 'Ik ben gelukkig sinds ik je zag, ik gaf je mijn liefde en verloor mijn hart...' Al heel snel kwamen de beelden van haar eerste ontmoeting met Pedro in de donkere kamer in haar op. De hartstocht waarmee Pedro haar haar kleren had uitgetrokken, zodat haar huid was gaan branden onder zijn gloeiende handen. Haar bloed kookte in haar aderen. Haar hart bonsde van hartstocht. Geleidelijk was hun wilde passie afgenomen om plaats te maken voor een oneindige tederheid, die hun opgewonden harten tot bedaren wist te brengen.

Terwijl Tita zong stond het water van de bonen enthousiast te koken. De bonen namen het vocht waarin ze zwommen in zich op en zwollen tot ze bijna barstten. Toen Tita haar ogen opendeed en een boon nam om te proeven, stelde ze vast dat de bonen precies goed waren. Nu zou ze nog genoeg tijd hebben om toilet te maken voordat tante Mary kwam. Tevreden met het leven verliet ze de keuken en liep naar haar kamer om zich op te knappen. Allereerst moest ze haar tanden poetsen. Door haar smak in de modder, na de vlucht door de lucht waarin de wervelwind van kippen haar had meegesleurd, zat haar mond vol zand. Ze nam wat tandpoeder en begon grondig haar gebit te poetsen.

Op school had ze geleerd hoe ze dit poeder moest maken. Het wordt bereid door een half onza gezuiverde wijnsteen, een half onza suiker en een half onza zeeschuim te mengen met twee drachmen Florentijnse lis en drakenbloed; maal alle ingrediënten tot poeder en meng ze goed dooreen. Juffrouw Jovita, die drie jaar achtereen Tita's onderwijzeres was geweest, was altijd belast geweest met het maken van het poeder. Ze was een kleine, tengere vrouw. Alle leerlingen herinnerden zich haar later nog, niet zozeer vanwege de kennis die ze hun had overgedragen, maar omdat ze een heel apart mens was. Er werd gezegd dat ze op haar achttiende weduwe was geworden, met een kind. Ze wilde het kind geen stiefvader geven en zo leidde ze, uit vrije wil, een absoluut celibatair leven. Maar goed, niemand weet uiteindelijk in hoeverre ze overtuigd geweest was van deze beslissing of hoezeer ze eronder had geleden, want met de jaren had het arme mens haar verstand verloren. Om slechte gedachten te weren, werkte ze dag en nacht. 'Ledigheid is des duivels oorkussen' was haar lijfspreuk. Ze gunde zichzelf dan ook geen moment rust. Ze ging steeds harder werken en sliep steeds minder. Na verloop van tijd had ze om haar geest tot bedaren te brengen niet meer genoeg aan het werk binnenshuis en ging ze iedere ochtend om vijf uur naar buiten om de stoep te vegen. Haar eigen stoep en die van de buren. Daarna breidde ze langzaam aan haar werkterrein uit tot de vier blokken om haar huis en zo ging ze verder, in *crescendo*, totdat ze ten slotte voordat ze naar school ging heel Piedras Negras veegde. Soms zaten er nog stukjes vuilnis in haar haar en dan moesten de kinderen hard om haar lachen. Toen ze in de spiegel keek, ontdekte Tita dat haar beeltenis op die van de onderwijzeres leek. Misschien kwam dat slechts door de veren die na de valpartij in haar haren waren blijven hangen, maar Tita huiverde evengoed van afschuw.

Ze wilde in geen geval een nieuwe Jovita worden. Ze

schudde de veren uit haar haar, borstelde het stevig en ging naar beneden om John en Mary te ontvangen, die juist arriveerden. Het geblaf van Pulque kondigde hun komst aan.

Tita ontving hen in de salon. Tante Mary was precies zoals ze zich haar had voorgesteld: een vriendelijke oude dame. Ondanks haar hoge leeftijd zag ze er tot in de puntjes verzorgd uit.

Ze droeg een bescheiden hoed met bloemen, in een pasteltint die contrasteerde met het witte haar. Haar handschoenen hadden dezelfde kleur als haar haar, verblindend wit. Bij het lopen steunde ze op een mahoniehouten stok met een zilveren knop in de vorm van een zwaan. Ze had een zeer levendige conversatie. Tante Mary was verrukt van Tita; ze feliciteerde haar neef uitgebreid met zijn goede keuze en Tita met haar perfecte Engels.

Tita verontschuldigde haar zus, die zich niet goed voelde, en ging hen voor naar de eetkamer.

Tante Mary vond de rijst met gebakken banaan heerlijk en prees uitbundig de manier waarop de bonen waren klaargemaakt.

De bonen worden geserveerd met geraspte kaas en gegarneerd met lichtgroene slablaadjes, stukjes avocado, in plakjes gesneden radijs, serrano chili's en olijven.

Johns tante was een heel ander soort eten gewend, maar dat was voor haar geen beletsel om de kookkunst van Tita te kunnen waarderen.

'Mmmm. Het is heerlijk, Tita.'

'Dank u wel.'

'Wat heb jij een geluk, John, vanaf nu zul je goed eten, want om eerlijk te zijn kookt Caty erg slecht. Straks maakt het huwelijk je nog dik.'

John zag dat Tita zich ongemakkelijk voelde.

'Is er iets, Tita?'

'Ja, maar dat kan ik je nu niet vertellen. Je tante zal het niet prettig vinden als we geen Engels praten.'

John antwoordde haar in het Spaans: 'Maak je maar geen zorgen, ze is stokdoof.'

'Hoe kan ze dan zo goed een gesprek voeren?'

'Omdat ze lipleest, maar alleen in het Engels, maak je geen zorgen. Trouwens, als ze aan het eten is, ziet ze niets en niemand meer, dus zeg alsjeblieft wat er is. We hebben nog geen tijd gehad om te praten en de bruiloft is al over een week.'

'John, ik denk dat we de bruiloft beter kunnen afgelasten.'

'Maar waarom?'

'Vraag me niet je dat vandaag uit te leggen.'

Tita, die probeerde ervoor te zorgen dat Johns tante niet in de gaten had dat ze het over een zeer delicate kwestie hadden, glimlachte naar hem. Tante Mary deed hetzelfde, ze zag er stralend gelukkig en vredig uit terwijl ze haar bord bonen at. Het was waar, ze kon niet in het Spaans liplezen. Tita kon zonder gevaar met John praten. John wilde op het onderwerp doorgaan.

'Houd je niet meer van me?'

'Dat weet ik niet.'

Tita vond het heel moeilijk verder te praten toen ze een pijnlijke trek op zijn gezicht zag verschijnen, die hij onmiddellijk probeerde te onderdrukken.

'In de tijd dat jij weg was, heb ik een verhouding gehad met een man op wie ik altijd verliefd ben geweest en toen ben ik mijn maagdelijkheid kwijtgeraakt. Daarom kan ik nu niet meer met je trouwen.'

Na een lange stilte vroeg John haar: 'Ben je verliefder op hem dan op mij?'

'Daar kan ik je geen antwoord op geven, dat weet ik ook niet. Wanneer jij er niet bent, denk ik dat ik van hem houd, maar wanneer ik jou zie, verandert alles. Bij jou voel ik me rustig, veilig, geborgen... maar ik weet het niet, ik weet het echt niet... sorry voor alles wat ik je zeg.'

Er gleden twee tranen over Tita's wangen. Tante Mary nam haar hand en zei diep ontroerd in het Engels: 'Wat is het mooi om een verliefde vrouw te zien huilen van emotie. Ik heb dat ook vaak gedaan toen ik op het punt stond om te trouwen.'

John besefte dat deze woorden een huilbui van Tita zouden kunnen veroorzaken en dat er dan een heel vervelende situatie zou ontstaan.

Hij stak zijn hand uit, nam die van Tita en zei, met een glimlach om zijn tante tevreden te stellen: 'Tita, het kan me niet schelen wat je hebt gedaan. Er zijn dingen in het leven waar je niet te veel belang aan moet hechten als ze de essentie niet veranderen. Wat je me verteld hebt maakt niet dat ik nu anders over je denk en ik zeg nogmaals dat ik heel graag je levensgezel zou willen zijn, maar ik wil dat je er goed over nadenkt of ik daarvoor de juiste man ben. Als je antwoord ja is, dan zullen we over een paar dagen trouwen. Als het nee is, zal ik de eerste zijn die Pedro feliciteert en hem vraagt je de plaats te geven die je verdient.'

Johns woorden verbaasden Tita niet: ze strookten met zijn karakter. Maar wat haar wel verraste was dat hij haarfijn wist dat zijn rivaal Pedro was. Ze had geen rekening gehouden met zijn grote intuïtie.

Tita kon onmogelijk aan tafel blijven zitten. Ze verontschuldigde zich, liep snel naar de patio en huilde totdat ze weer gekalmeerd was. Meteen ging ze terug naar de eetkamer, juist op tijd om het dessert op te dienen. John stond op om haar stoel aan te schuiven en was even beleefd en respectvol als altijd. Hij was werkelijk een bewonderenswaardig man. Wat was hij ineens gegroeid in haar ogen! En wat waren de twijfels gegroeid in haar hoofd! De jasmijnsorbet die ze als dessert opdiende deed haar goed. Hij verfriste haar lichaam en maakte haar hoofd weer helder. Johns tante was helemaal weg van het dessert. Ze had nooit gedacht dat je jasmijn ook kon eten. Geïntrigeerd wilde ze alle details weten om thuis zo'n zelfde sorbet te kunnen maken. Uiterst kalm, zodat tante Mary duidelijk haar lippen kon lezen, gaf Tita haar het recept.

'Maak een tak jasmijn fijn en doe hem in drie cuartillos water met een libra suiker. Meng alles goed, totdat de suiker helemaal is opgelost. Filter het mengsel dan door een fijne doek en zet het in de sorbetière om te laten bevriezen.'

De rest van de avond was erg gezellig. Toen John wegging, gaf hij Tita een handkus en zei: 'Ik wil je niet overhaasten, ik wil je alleen maar verzekeren dat je met mij gelukkig zult zijn.'

'Dat weet ik.'

Natuurlijk wist ze dat. En natuurlijk zou ze dat voor ogen houden als ze haar definitieve beslissing nam, de beslissing die haar hele toekomst zou bepalen.

Wordt vervolgd...

Volgende recept: GEVULDE PAPRIKA'S

hoofdstuk 12

December

Gevulde paprika's

Ingrediënten:

25 groene paprika's
8 granaatappels
100 walnoten
1 kop zure room
100 g pittige verse kaas
1 kilo rundergehakt
100 g rozijnen
250 g amandelen
250 g pecannoten
500 g tomaten
2 middelgrote uien
sukade
1 perzik, 1 appel
komijn
witte peper
zout, suiker

BEREIDING:

Met het pellen van de walnoten moet een paar dagen van tevoren worden begonnen, want dat is een arbeidsintensief werk, waar men vele uren mee bezig is. Nadat de noten gepeld zijn, moeten ze van hun schilletjes worden ontdaan. Let er goed op dat er geen stukje schil blijft zitten, want anders wordt de notensaus bitter en dan is alle moeite voor niets geweest.

Tita en Chencha zaten aan de tafel in de eetkamer en waren bijna klaar met het pellen van de noten. Deze zouden verwerkt worden in de gevulde paprika's, die de volgende dag als hoofdgerecht op de bruiloft geserveerd zouden worden. Alle andere leden van de familie waren met een of ander smoesje de tafel in de eetkamer ontvlucht en hadden hen in de steek gelaten. Slechts deze twee illustere vrouwen hielden tot het uiterste vol. Maar Tita nam het de anderen niet kwalijk. Ze hadden haar de hele week al enorm geholpen en ze begreep heel goed dat het niet eenvoudig was duizend noten te pellen zonder uitgeput te raken. De enige persoon die ze kende die dat kon zonder ooit enig teken van vermoeidheid te vertonen was Mama Elena. Zij kon niet alleen zakken vol noten in een paar dagen kraken, maar vond dat nog leuk ook.

Persen, kraken en villen behoorden tot haar favoriete bezigheden. De uren vlogen voorbij wanneer ze met een zak noten op haar knieën op de patio zat, en ze stond pas weer op als ze helemaal klaar was.

Voor haar zou het kraken van deze duizend noten kinderspel zijn geweest, terwijl het hun allemaal zoveel moeite had gekost. Deze buitensporige hoeveelheid kwam doordat voor 25 paprika's 100 noten nodig zijn, dus voor 250 paprika's 1000 noten. Met de familieleden en goede vrienden die ze voor de bruiloft hadden uitgenodigd, zouden er tachtig mensen komen. Ieder zou als hij dat wilde drie paprika's kunnen eten, wat een redelijke schatting was. Het werd een kleine bruiloft, maar Tita wilde hoe dan ook een diner met twintig gangen geven, zoals die nooit meer werden gegeven, en natuurlijk mochten de verrukkelijke gevulde paprika's daarbij niet ontbreken. Ook al betekende het een gigantisch werk, deze gedenkwaardige gebeurtenis verdiende het. Het kon Tita niet schelen dat ze zwarte vingers kreeg van het pellen van zoveel noten. Deze bruiloft was het offer meer dan waard, want hij had een zeer speciale betekenis voor haar. Ook voor John. Die was zo gelukkig, dat hij bij de voorbereidingen voor het diner een van haar meest enthousiaste hulpjes was geweest. Hij was ook een van de laatsten die weggingen om te gaan slapen. Een goede nachtrust had hij wel verdiend.

In de badkamer van zijn huis waste John zijn dodelijk vermoeide handen. Zijn nagels deden pijn van het noten pellen. Toen hij zich klaarmaakte om te gaan slapen werd hij door een intense emotie gegrepen. Binnen een paar uur zou hij dichter bij Tita staan en daar verheugde hij zich enorm op. Het huwelijk zou om twaalf uur 's middags plaatsvinden. Hij wierp een blik op de smoking die over een stoel hing. De kleren die hij de volgende dag zou aantrekken lagen keurig klaar, wachtend op het beste moment om gedragen te worden. Zijn schoenen hadden nog nooit zo geglommen en de vlinderdas, de sjerp en het overhemd waren smetteloos. Tevreden dat alles in orde was, slaakte hij een diepe zucht. Hij ging in bed liggen en zodra hij zijn hoofd op het kussen had gelegd viel hij in een diepe slaap.

Verteerd door een helse jaloezie, kon Pedro de slaap daarentegen niet vatten. Hij vond het verschrikkelijk om de bruiloft te moeten bijwonen en de aanblik van Tita samen met John te moeten verdragen.

Hij begreep helemaal niets van de houding van John. Het leek wel alsof hij pap in zijn aderen had! John wist heel goed dat er iets tussen Tita en hem bestond. En toch bleef hij doen alsof er niets aan de hand was! Toen Tita die middag de oven wilde aansteken, kon ze de lucifers nergens vinden. John, even galant als altijd, was haar toen snel te hulp geschoten. Maar dat was nog niet alles! Nadat hij het vuur had aangestoken, had hij Tita's hand in de zijne genomen en haar het doosje lucifers gegeven. Waarom moest hij Tita nou van die belachelijke cadeautjes geven? Dat deed John alleen maar om Tita's handen voor zijn ogen te kunnen strelen. John vond zichzelf vast heel beschaafd, maar hij zou hem weleens laten zien wat een man doet wanneer hij werkelijk van een vrouw houdt. Hij pakte zijn jasje en wilde naar John toe gaan om hem in elkaar te slaan.

In de deuropening bleef hij staan. Het zou aanleiding kunnen geven tot allerlei praatjes als de zwager van Tita een dag voor de bruiloft met John had gevochten. Tita zou het hem nooit vergeven. Woedend gooide hij zijn jasje op het bed en ging een pil tegen de hoofdpijn zoeken. Door de pijn werd het lawaai dat Tita in de keuken maakte duizend keer erger.

Terwijl Tita de laatste paar noten die nog op tafel lagen

pelde, dacht ze aan haar zusje. Rosaura zou het zo leuk hebben gevonden om bij de bruiloft aanwezig te zijn. Het arme kind was een jaar geleden gestorven. Uit piëteit hadden ze zo lang met de religieuze plechtigheid gewacht. Ze was op een heel merkwaardige manier gestorven. Zoals gewoonlijk had ze zich onmiddellijk na de avondmaaltijd in haar kamer teruggetrokken. Esperanza en Tita waren in de eetkamer blijven zitten kletsen. Pedro was naar boven gegaan om Rosaura goedenacht te zeggen. Omdat de eetkamer zo ver van de slaapkamers af lag, hadden Tita en Esperanza niets gehoord. Aanvankelijk had Pedro er niet raar van opgekeken toen hij, zelfs met de deur dicht, de winden van zijn Rosaura hoorde. Hij begon het pas vreemd te vinden toen een van deze onaangename geluiden langer aanhield dan normaal en niet meer scheen op te houden. Pedro probeerde zich op zijn boek te concentreren; het leek hem onmogelijk dat dit langdurige geluid werd veroorzaakt door de spijsverteringsproblemen van zijn vrouw. De vloer trilde, het licht flikkerde. Even dacht Pedro dat met donderende kanonschoten de revolutie weer begonnen was, maar toen wees hij deze mogelijkheid van de hand want daarvoor was het in het land op het ogenblik te rustig. Misschien was het wel de motor van de auto van de buren. Maar nee, motoren van auto's verspreidden niet zo'n misselijkmakende lucht. Het was vreemd dat hij deze geur nog rook ondanks het feit dat hij de hele kamer was rondgegaan met een lepel met een stukje brandende houtskool en een beetje suiker.

Dit is het beste middel tegen stank. In zijn jeugd deed men dat altijd in een kamer waar iemand diarree had en dan rook het daar altijd weer helemaal fris. Maar nu had het niets geholpen. Bezorgd liep hij naar de deur tussen beide slaapkamers. Hij klopte en vroeg Rosaura of ze zich wel goed voelde. Toen hij geen antwoord kreeg, deed hij de deur open en zag een Rosaura liggen met paarse lippen, een opgeblazen lichaam, uitpuilende ogen en een versufte blik, die haar laatste, stinkende adem uitblies. Johns diagnose was een acute darmverstopping.

Er waren maar weinig mensen op de begrafenis, want na Rosaura's dood werd de onaangename geur die haar lichaam afscheidde nog erger. Om die reden hadden maar weinig mensen zin om te komen. Wel was er een broed gieren, dat tot het einde van de begrafenis boven de stoet bleef vliegen. Toen de vogels zagen dat er voor hen geen feestmaal zou zijn, gingen ze diep teleurgesteld weg en lieten Rosaura in vrede rusten.

Maar voor Tita was het nog geen tijd om te gaan rusten. Haar lichaam schreeuwde erom, maar eerst moest ze de notensaus afmaken. In plaats van aan dingen uit het verleden te denken kon ze dus beter voortmaken in de keuken, om daarna wat welverdiende rust te kunnen nemen.

Maal de gepelde noten onder de maalsteen en meng ze met de zure room en de kaas. Voeg op het laatst zout en witte peper naar smaak toe. Bedek de gevulde paprika's met deze saus en garneer ze vervolgens met de granaatappelpitjes.

Vulling voor de paprika's:

Bak de ui in een beetje olie glazig. Voeg er dan het gehakt, de komijn en een beetje suiker aan toe. Doe er wanneer het vlees bruin is de stukjes perzik en appel, de pecannoten, rozijnen, amandelen en de in stukjes gesneden tomaat bij en laat het geheel gaar worden. Voeg pas dan zout naar smaak toe en laat het mengsel inkoken alvorens het van het vuur te halen.

Rooster intussen de paprika's en ontvel ze. Snijd ze aan een kant open en verwijder de zaadjes en zaadlijsten.

Tita en Chencha waren klaar met het garneren van de vijfentwintig bladen met paprika's en hadden ze op een koele plaats gezet. Toen de kelners ze de volgende dag kwamen halen, waren ze nog in perfecte staat.

De kelners liepen bedrijvig tussen de geanimeerde gasten door. De komst van Gertrudis op het feest trok ieders aandacht. Ze kwam aanrijden in een T-Ford Coupé, een van de eerste auto's met versnelling. Toen ze uitstapte verloor ze bijna de grote hoed met struisveren die ze droeg. Haar jurk met schoudervullingen was hypermodern en opvallend. Juan deed niet voor haar onder. Hij droeg een elegant nauwsluitend pak, een hoge hoed en slobkousen. Hun oudste zoon was opgegroeid tot een welgebouwde mulat. Hij had een fijn gezicht en de donkere kleur van zijn huid contrasteerde met het heldere blauw van zijn ogen. De kleur van zijn huid had hij van zijn grootvader en de blauwe ogen van Mama Elena. Hij had precies dezelfde ogen als zijn grootmoeder. Achter hen kwam sergeant Treviño, die na de revolutie als persoonlijke lijfwacht van Gertrudis was aangesteld.

Bij het hek van de haciënda namen Nicolás en Rosalío, in traditionele feestkledij, de uitnodigingen in ontvangst van de mensen die maar bleven komen. Het waren prachtige uitnodigingen. Alex en Esperanza hadden ze zelf gemaakt. Het papier van de kaarten, de zwarte inkt waarmee ze beschreven waren, de gouden inkt langs de randen van de enveloppen en de lak waarmee ze verzegeld waren,

waren hun werk en hun trots. Alles was volgens traditie en naar recept van de familie De la Garza gemaakt. Nou ja, de zwarte inkt hadden ze niet hoeven maken, want er was nog genoeg over van de bruiloft van Pedro en Rosaura. Het was droge inkt, waaraan alleen maar een beetje water toegevoegd hoefde te worden om hem te kunnen gebruiken.

Deze inkt wordt gemaakt door 8 onza Arabische gom, 5½ onza galnoten, 4 onza ijzersulfaat, 2½ onza campêchehout en een half onza kopersulfaat te mengen. Voor de gouden inkt voor het randje op de enveloppen neemt men een onza orpiment en een onza fijngemalen kristal. Doe deze poeders in vijf of zes losgeklopte eiwitten en roer totdat de poeders opgelost zijn. De lak wordt gemaakt door een libra schellak, een half libra benzoë, een half libra colofonium en een libra vermiljoen te laten smelten. Giet de vloeistof uit over een tafel die is ingesmeerd met olie van zoete amandelen en vorm pijpjes of staafjes voordat de lak is afgekoeld.

Esperanza en Alex waren middagenlang bezig geweest. Ze hadden zich stipt aan de recepten gehouden want ze wilden unieke uitnodigingen maken en dat was hun gelukt. Het waren stuk voor stuk kunstwerkjes, proeven van handwerk dat helaas uit de mode raakte, samen met lange jurken, liefdesbrieven en walsen. Maar voor Tita en Pedro zou de wals *De ogen van de jeugd*, die het orkest op dat moment op verzoek van Pedro speelde, nooit uit de mode raken. Zwierig gleden ze samen over de dansvloer. Tita straalde. De tweeëntwintig jaar die er sinds de bruiloft van Pedro en Rosaura verstreken waren leken haar niet geraakt te hebben. Op haar negenendertigste zag ze er nog fris en blozend als een appel uit.

Johns ogen volgden hen terwijl ze dansten. Ze straalden tederheid en iets van berusting uit. Pedro wreef zijn wang teder langs die van Tita, en ze voelde Pedro's hand als nooit tevoren in haar middel branden.

'Weet je nog de eerste keer dat we dit liedje hoorden?'

'Ik zal het nooit vergeten.'

'Die nacht heb ik niet geslapen en alleen maar liggen denken dat ik onmiddellijk je hand wilde vragen. Ik wist niet dat ik tweeëntwintig jaar voorbij moest laten gaan voor ik je opnieuw kon vragen mijn vrouw te worden.'

'Meen je dat serieus?'

'Natuurlijk! Ik wil niet sterven zonder dat het me gelukt is jou tot mijn vrouw te maken. Ik heb er altijd van gedroomd samen met jou een kerk vol witte bloemen binnen te gaan en jij daar midden tussenin, als de mooiste van allemaal.'

'In het wit?'

'Uiteraard! Waarom niet? En weet je, als we eenmaal getrouwd zijn, wil ik een kind van je. Dat kan nog, denk je niet? Nu Esperanza ons gaat verlaten, hebben we gezelschap nodig.'

Tita kon Pedro geen antwoord geven. Ze had een brok in haar keel. Langzaam rolden er een paar tranen over haar wangen. Haar eerste tranen van geluk.

'En probeer me niet van dit idee af te brengen. Het kan me niet schelen wat mijn dochter of wie dan ook denkt. We hebben ons vele jaren bekommerd over wat de mensen zouden zeggen, maar vanaf vanavond zal niemand mij nog van jou kunnen scheiden.'

Het kon Tita inmiddels ook eigenlijk geen zier meer schelen wat de mensen zouden denken als de verhouding tussen Pedro en haar bekend werd. Twintig jaar lang had ze het pact dat zij tweeën samen met Rosaura hadden gesloten gerespecteerd en ze had er nu schoon genoeg van. Voor Rosaura was het van levensbelang geweest dat het leek alsof haar huwelijk heel goed draaide en dat haar dochter opgroeide binnen het heilige instituut van het gezin; alleen daarbinnen zou ze een degelijke opvoeding kunnen krijgen. Daarom hadden ze een overeenkomst gesloten waarin Pedro en Tita hadden beloofd elkaar volkomen in het geheim te treffen en hun liefde verborgen te houden. Voor de ogen van de buitenwereld moesten ze een doodgewoon gezin lijken. Daarom mocht Tita ook geen onwettig kind hebben. Ter compensatie was Rosaura bereid Esperanza met haar te delen, en wel op de volgende manier: Tita zou het voeden van het meisje op zich nemen en Rosaura de opvoeding. Rosaura was op haar beurt verplicht op vriendschappelijke voet met hen samen te leven, zonder jaloezie en protesten.

Over het algemeen hadden ze zich alledrie aan de overeenkomst gehouden, behalve wat de opvoeding van Esperanza betrof. Tita wilde dat Esperanza een heel andere opvoeding zou krijgen dan die Rosaura voor het meisje in gedachten had. Ze benutte daarom de momenten dat Esperanza bij haar was om haar een ander soort kennis bij te brengen dan die haar moeder haar gaf, ook al was dat dan niet haar taak. Deze momenten vormden het grootste deel van de dag, want de keuken was Esperanza's favoriete plek en Tita haar vertrouwelinge en beste vriendin.

Het was juist op zo'n middag dat ze samen in de keuken zaten dat Tita hoorde dat Alex, de zoon van John Brown, met Esperanza wilde trouwen. Tita was de eerste die het wist. Ze hadden elkaar na jaren teruggezien op een feest van de school waar Esperanza op zat. Alex was inmiddels klaar met zijn medicijnenstudie. Vanaf het eerste moment hadden ze zich tot elkaar aangetrokken gevoeld. Toen Esperanza tegen Tita zei dat ze zich onder de blik die Alex over haar lichaam liet gaan had gevoeld als beignetbeslag dat in kokende olie belandt, wist Tita dat Alex en Esperanza zich onherroepelijk zouden verenigen.

Rosaura probeerde dat op alle mogelijke manieren te verhinderen. Vanaf het begin verzette ze zich er fel tegen. Pedro en Tita verdedigden Esperanza en zo begon er tussen hen en Rosaura een ware oorlog op leven en dood. Rosaura eiste krijsend haar rechten op: Pedro en Tita braken het pact en dat was niet eerlijk.

Het was niet de eerste keer dat ze het oneens waren over Esperanza. De eerste discussies gingen over het feit dat Rosaura niet wilde dat haar dochter naar school ging, want dat vond ze zonde van de tijd. Aangezien Esperanza's enige taak in dit leven was om voor altijd voor haar, haar moeder, te zorgen, had ze immers absoluut geen verheven kennis nodig. Ze kon beter leren pianospelen, zingen en dansen. Het zou haar in het leven enorm van pas komen als ze deze dingen beheerste. In de eerste plaats omdat Esperanza Rosaura dan heerlijke middagen vol vermaak en afleiding zou kunnen verschaffen, en in de tweede plaats omdat ze dan op de societybals zou kunnen schitteren. Daarmee zou ze ieders aandacht weten te trekken en altijd een graag geziene gast binnen de hogere kringen zijn. Met veel moeite wisten ze Rosaura er na lange gesprekken van te overtuigen dat het heel belangrijk was dat Esperanza naast zingen, dansen en pianospelen over belangwekkende onderwerpen kon meepraten en dat het daarom absoluut noodzakelijk was dat ze naar school ging. Morrend stemde Rosaura erin toe het meisje naar school te sturen, maar alleen omdat ze ervan overtuigd was dat Esperanza, afgezien van onderhoudend en interessant converseren, op school de crème de la crème van Piedras Negras zou leren kennen. Dus ging Esperanza naar de beste school, om zich te ontwikkelen. Tita nam op zich om haar iets net zo waardevols bij te brengen: de geheimen van het leven en de liefde via het koken.

Deze overwinning op Rosaura was voldoende geweest om verdere felle discussies te voorkomen, totdat Alex op het toneel was verschenen en met hem een mogelijke verloving. Rosaura werd woedend toen ze zag dat Pedro en Tita Esperanza onvoorwaardelijk steunden. Ze vocht met alle middelen die binnen haar bereik lagen. Als een leeuwin verdedigde ze datgene waarop ze op grond van de traditie recht had: een dochter die tot haar dood voor haar zou zorgen. Ze schreeuwde, stampvoette, brulde, spuwde, braakte en dreigde wanhopig. Voor het eerst verbrak ze het pact; ze slingerde Pedro en Tita verwensingen naar hun hoofd en wreef hun alle ellende die ze haar hadden aangedaan onder de neus.

Het huis veranderde in een slagveld. Er werd voortdurend met deuren gesmeten. Gelukkig duurde deze ruzie niet lang, want na een zeer hevige en hartverscheurende strijd van drie dagen tussen beide kampen was Rosaura, door haar grote spijsverteringsstoornissen, gestorven aan... hetgeen waaraan ze gestorven was.

Het feit dat ze het huwelijk tussen Alex en Esperanza tot stand had weten te brengen was Tita's grootste triomf. Wat voelde ze zich trots nu ze Esperanza zo zelfverzekerd zag, zo intelligent, zo volwassen, zo gelukkig, zo capabel, en tegelijkertijd toch zo op en top vrouwelijk, in de breedste zin des woords. Ze zag er beeldschoon uit in haar bruidsjurk, walsend met Alex op *De ogen van de jeugd.*

Toen de muziek stopte, kwamen de Lobo's, Paquita en Jorge, Pedro en Tita feliciteren.

'Gefeliciteerd, Pedro! Je dochter had in de wijde omtrek geen betere partij dan Alex kunnen vinden.'

'Ja, Alex Brown is een prima jongen. Het enige vervelende is dat ze ons gaan verlaten. Alex heeft een beurs gekregen om aan de universiteit van Harvard te promoveren, en ze vertrekken vandaag nog, na de bruiloft.'

'Wat vreselijk, Tita! En wat ga je nu doen?' vroeg Paquita vals. 'Zonder Esperanza in huis kan je niet bij Pedro blijven wonen. Ach, wil je me voor je ergens anders gaat wonen wel het recept van de gevulde paprika's geven? Ze zien er heerlijk uit.'

De gevulde paprika's zagen er niet alleen geweldig uit, ze waren ook werkelijk verrukkelijk. Nooit had Tita ze zo lekker klaargemaakt. Trots vertoonden de paprika's de kleuren van de vlag: het groen van de paprika's, het wit van de saus en het rood van de granaatappelpitjes.

De driekleurige hapjes stonden er niet lang: in een ommezien waren de paprika's van de dienbladen verdwenen... Wat was het lang geleden dat Tita zich had gevoeld als een gevulde paprika die men uit beleefdheid laat liggen, om niet gulzig te lijken.

Tita vroeg zich af of het feit dat er geen enkele paprika over was betekende dat men de goede manieren langzaam aan vergat of dat ze echt heel erg lekker waren.

De genodigden zagen er vrolijk uit. Wat een verschil tussen deze bruiloft en die onfortuinlijke bruiloft van Pedro en Rosaura, toen alle gasten aan het eind vergiftigd waren. In plaats van overmand te worden door droefheid, kreeg iedereen na het eten van de gevulde paprika's nu een gevoel dat leek op dat van Gertrudis toen ze de kwartels met rozenblaadjes had gegeten. En voor de verandering was Gertrudis degene die als eerste de symptomen weer voelde. Ze was midden op de patio aan het dansen met Juan op *Mijn lieve kapitein* en zong het refrein terwijl ze bewoog als nooit tevoren. Telkens wanneer ze 'ai, ai, ai, mijn lieve kapitein' zong, moest ze denken aan lang geleden, toen Juan nog kapitein was en zij hem poedelnaakt buiten was tegengekomen. Onmiddellijk herkende ze weer de warme gloed in haar benen, de kriebeling in haar buik, haar zondige gedachten, en ze besloot zich met haar echtgenoot terug te trekken voor het uit de hand zou lopen. Gertrudis gaf de aanzet tot een chaotische vlucht. Alle andere gasten excuseerden zich vervolgens ook met een of ander smoesje en een wellustige blik in de ogen, en vertrokken. Het bruidspaar was hen inwendig dankbaar; zij waren toen immers vrij hun koffers te pakken en zo snel mogelijk te vertrekken. Ze hadden grote haast om hun hotel te bereiken.

Voordat Tita en Pedro het wisten, waren alleen John, Chencha en zij tweeën op de haciënda over. Alle anderen, zelfs de knechten van de haciënda, hadden zich zover mogelijk afgezonderd en bedreven tomeloos de liefde. Sommigen onder de brug van Piedras Negras naar Eagle Pass. De wat conservatievere mensen in hun auto, die ze slordig op de weg hadden geparkeerd. En de rest waar ze maar konden. Iedere plek was goed: in de rivier, op de trap, in de badkuip, in de schouw, op de bakoven, op de toonbank van de apotheek, in de klerenkast, in de toppen van de bomen. De nood is de moeder van iedere uitvinding en ieder standje. Die dag was de creatiefste in de geschiedenis van de mensheid.

Tita en Pedro deden hun uiterste best niet toe te geven aan hun seksuele impulsen, maar die waren zo sterk dat ze de barrière van hun huid deden verdwijnen en naar buiten kwamen in de vorm van één ongekende hitte en geur. John zag het en begreep dat hij te veel was. Hij nam afscheid en ging weg. Het deed Tita pijn hem in zijn eentje te zien vertrekken. John had met iemand anders moeten trouwen toen zij had geweigerd zijn vrouw te worden, maar hij had dat nooit gedaan.

Toen John vertrokken was, vroeg Chencha toestemming om naar haar dorp te gaan: een paar dagen geleden was haar echtgenoot vertrokken om elders wat geld te gaan verdienen en plotseling had ze ontzettende zin om hem te zien.

Als Pedro en Tita van plan waren geweest hun wittebroodsweken met zijn tweeën door te brengen, hadden ze dat niet gemakkelijker voor elkaar kunnen krijgen. Voor het eerst in hun leven konden ze vrij de liefde bedrijven. Jarenlang was het nodig geweest om een hele reeks voorzorgsmaatregelen te nemen zodat niemand hen zou zien, zodat niemand iets zou vermoeden, zodat Tita niet zwanger zou worden, en hadden ze zich moeten inhouden om niet te schreeuwen wanneer ze verenigd waren. Van nu af aan behoorde dat allemaal tot het verleden.

Woorden waren overbodig. Ze namen elkaar bij de hand en gingen naar de donkere kamer. Voordat ze die binnengingen, tilde Pedro Tita op. Langzaam deed hij de deur open en toen zagen ze ineens dat de donkere kamer helemaal veranderd was. Alle rommel was verdwenen. Alleen midden in de kamer stond nog vorstelijk het messing bed. Zowel de zijden lakens als de sprei waren wit, evenals het tapijt van bloemen op de vloer en de tweehonderdvijftig kaarsen die de nu ten onrechte donker genoemde kamer verlichtten. Tita was ontroerd bij de gedachte hoeveel werk het voor Pedro was geweest de kamer zo mooi te maken, en Pedro was ontroerd bij de gedachte dat Tita dat had weten klaar te spelen zonder dat hij iets had gemerkt.

Ze waren zo vervuld van hun geluk dat ze niet merkten dat in een hoekje van de kamer Nacha de laatste kaars aanstak en voorgoed van het toneel verdween.

Pedro legde Tita op het bed en deed haar langzaam, een voor een, al haar kleren uit. Na oneindig tedere blikken en liefkozingen, lieten ze de passie die ze zoveel jaren hadden moeten inhouden de vrije loop.

Het getik van het messing hoofdeinde tegen de muur en de keelklanken die beiden lieten ontsnappen vermengden zich met het geluid van de wel duizend duiven die in wilde vlucht boven hun hoofd wegvlogen. Het zesde zintuig waarover dieren beschikken zei de duiven dat ze gauw van de haciënda moesten wegvluchten. Alle andere dieren deden hetzelfde: de koeien, de varkens, de kippen, de kwartels, de lammeren en de paarden.

Tita was zich nergens meer van bewust. Ze voelde het hoogtepunt naderen, zo hevig dat voor haar gesloten ogen een stralende tunnel verscheen.

Op dat moment herinnerde ze zich de woorden die John op een dag tegen haar had gezegd: 'Als door een heel sterke emotie alle lucifers die wij in ons binnenste dragen ineens allemaal tegelijk worden aangestoken, ontstaat er een licht dat zo fel is dat het meer verlicht dan we gewoonlijk kunnen zien. Dan verschijnt er voor onze ogen een stralende tunnel die ons de weg wijst die we bij onze geboorte vergeten zijn en die ons roept om onze goddelijke oorsprong terug te vinden. De ziel verlangt terug naar de plaats waar hij vandaan komt, het lichaam levenloos achterlatend...' Tita bedwong haar emotie.

Ze wilde niet sterven. Ze wilde deze explosie van gevoelens nog heel veel vaker beleven. Dit was pas het begin. Ze probeerde haar gejaagde ademhaling te reguleren en pas toen hoorde ze het geklapwiek van de laatste groep duiven die vertrok. Behalve dit geluid hoorde ze slechts het geklop van hun harten. De slagen waren zeer krachtig. Ze voelde zelfs Pedro's hart tegen de huid van haar borst bonzen. Ineens hield het getik abrupt op. In de kamer verspreidde zich een dodelijke stilte. Vrijwel meteen begreep ze dat Pedro gestorven was.

Met Pedro stierf de mogelijkheid haar inwendige vuur ooit weer aan te steken, met hem verdwenen alle lucifers. Ze wist dat de natuurlijke warmte die ze nu voelde langzaam aan zou doven. Zodra de ademtocht om het vuur aan te houden ontbrak, zou het vuur zijn eigen voedingsstof verslinden.

Pedro was vast en zeker gestorven toen hij tijdens het hoogtepunt de lichtgevende tunnel was binnengegaan. Ze had er spijt van dat zij dat niet ook had gedaan. Nu zou ze dat licht nooit meer kunnen zien, want ze was niet meer in staat nog iets te voelen. Tot in de eeuwigheid zou ze door het duister dwalen, alleen, helemaal alleen. Ze moest een manier zien te vinden om, al was het maar kunstmatig, een vuur op te roepen dat haar de weg terug naar haar oorsprong en naar Pedro kon verlichten. Maar eerst moest ze iets doen aan de ijzige kou die haar begon te verlammen. Ze stond op, holde weg om de enorme sprei te gaan halen die ze in al die nachten van eenzaamheid en slapeloosheid had gehaakt en gooide die over zich heen.

Met de sprei bedekte ze drie hectaren van de haciënda. Toen nam ze uit de la van haar schrijftafel het doosje lucifers dat John haar had gegeven. Ze had een heleboel fosfor in haar lichaam nodig. Ze begon de lucifers uit het doosje een voor een op te eten. Iedere keer dat ze op een lucifer kauwde deed ze haar ogen stijf dicht en probeerde de dierbaarste momenten samen met Pedro op te roepen. Zijn eerste blik, de eerste aanraking van hun handen, de eerste bos rozen, de eerste kus, de eerste liefkozing, het eerste intieme samenzijn. En het lukte zowaar. Wanneer de fosfor waarop ze kauwde contact maakte met het lichtende beeld dat ze opriep, ontvlamde de lucifer. Langzaamaan werd het beeld voor haar ogen steeds lichter, totdat de tunnel opnieuw verscheen. Daar, bij de ingang, stond de lichtgevende figuur van Pedro op haar te wachten. Tita aarzelde geen moment. Ze liet zich naar hem toe voeren en ze smolten samen in een lange omhelzing. Opnieuw bereikten ze in hun liefdesspel een climax, waarin ze naar het verloren paradijs vertrokken. Nooit zouden ze meer van elkaar gescheiden worden.

Op dat moment begonnen er van de brandende lichamen van Pedro en Tita glinsterende vonken af te springen. Deze zetten de sprei in brand, die op haar beurt de hele haciënda in brand zette. Wat goed dat de beesten op tijd vertrokken waren en zich in veiligheid hadden gesteld! De donkere kamer veranderde in een wellustige vulkaan, die stenen en as over alles uitspuwde. Zodra de stenen hoog in de lucht waren, ontploften ze en veranderden in veelkleurige lichtjes. De bewoners van naburige dorpen keken van een paar kilometer afstand naar het schouwspel en dachten dat het vuurwerk van de bruiloft van Alex en Esperanza was. Maar toen het vuurwerk een week had geduurd, gingen ze nieuwsgierig kijken.

Een laag as van een paar meter hoog bedekte de hele haciënda. Toen Esperanza, mijn moeder, terugkwam van haar huwelijksreis, vond ze tussen de resten van wat eens de haciënda was geweest slechts dit kookboek, dat ze me heeft nagelaten en dat met zijn recepten deze begraven liefdesgeschiedenis vertelt.

Men zegt dat onder de as iedere vorm van leven gedijde, zodat dit terrein het vruchtbaarste van de hele streek werd. In mijn jeugd heb ik mogen genieten van de heerlijke vruchten en groenten die daar groeiden. Later heeft mijn moeder op dat terrein een klein gebouw met appartementen laten bouwen. In een van die appartementen woont Alex, mijn vader, nog steeds. Vandaag komt hij langs om mijn verjaardag te vieren. Daarom ben ik kerstbroodjes, mijn favoriete gerecht, aan het maken. Mijn moeder maakte die ieder jaar voor me. Mijn moeder...! Wat mis ik de geur en smaak van haar gerechten, haar gebabbel tijdens het koken, haar kerstbroodjes! Ik weet niet waarom ze bij mij nooit zo lekker worden als bij haar en ik weet evenmin waarom ik zoveel tranen vergiet wanneer ik ze klaarmaak. Misschien omdat ik net zo gevoelig ben voor uien als Tita, mijn oudtante, die blijft voortleven zolang iemand haar recepten maakt.

Verklarende woordenlijst

Gedroogde chili's:

ANCHO: gedroogde poblano-chili; diep rood-bruin van kleur en ongeveer 7 1/2 cm lang en 6 cm breed. De ancho (wat breed betekent in het Spaans) is een lid van de familie der Cayennes. Smakelijk en zacht.

MORITA: een kleine, gerookte chili, driehoekig van vorm, 2 1/2 cm lang en iets meer dan 1 cm breed. Hij is erg scherp en moet voorzichtig gebruikt worden.

MULATO: wat donkerder, groter en scherper dan de ancho chili, waarmee hij vaak wordt gecombineerd in gerechten. Hij heeft een wat zoetige smaak, die kan variëren van mild tot vrij heet.

PASILLA: een dunne, bijna zwarte chili van ongeveer 15 cm lang, scherp van smaak.

Verse chili's:

POBLANO: een donkergroene chili, ongeveer zo groot als een paprika, maar iets smaller. Meestal vrij zacht van smaak.

SERRANO: een smal toelopende chili van 2 1/2 tot 5 cm lang. Afhankelijk van de soort varieert de kleur van fel tot donkergroen.

CHILAQUILES: knapperig gebakken tortilla's in tomatensaus.

CHORIZO: pittig gekruide worst.

ENCHILADA: opgerolde, gebakken tortilla, met vlees gevuld.

EPAZOTE (ganzenvoet): een kruid met een sterke smaak, onontbeerlijk in de Mexicaanse keuken. De blaadjes worden gebruikt bij het koken van zwarte bonen en in allerlei tortillagerechten.

MOLE: het woord is afkomstig van het Azteekse woord 'molli' (saus van pepers). Bekend is vooral de mole poblano. In deze saus worden drie soorten peper, een groot aantal kruiden en chocolade verwerkt. Kalkoen is het traditionele vlees voor bij de mole poblano.

PITHAYA: vrucht van de pithaya-cactus.

TACO: gevulde tortilla.

TAMALE: klein pakketje van deeg van maïsmeel, gewikkeld in een maïsblad en gestoomd. De vulling kan uit kalkoen, kip of ander vlees in een saus bestaan.

TORTILLA: pannenkoekje gemaakt van maïsmeel.

SHI-SHI: indiaanse naam voor een Mexicaanse agave, waarvan de bladeren fijngemalen als substituut voor zeep dienen.

Maten en gewichten:
AZUMBRE: iets meer dan 2 liter (2,016)
CUARTILLO: 1/4 azumbre (504 ml)
LIBRA: 460 gram
ONZA: 1/16 libra (28,70 g)
DRACHME: 3,9 gram